도마는
도마 위에서

도미는 도마 위에서

김승희 시집

ㄴㄴ > < ㄷㄴ

열번째 시집이다.
"절망은 기교를 낳고 또 기교가 절망을 낳는"(이상)
열번째의 고개를 넘어온 것이리라.
떠난 당신을 위해 세상의 모든 꽃들,
해와 달과 별과 나무들이
사계절을 다하여 늘 제사에 참여하고 있음을 안다.
당신을 위한 꽃들의 제사,
기념비적인 시간이다.

도미는 도마 위에서 꽃처럼 늠름하다.
살다 죽는다.

2017년 6월

김 승 희

차례

1부 · 빛이 뜨거우니 아프겠구나

3부 · 당신도 나도 아무도 아니고

4부 · 그때 손은 기도까지를 놓아준다

1

빛이 뜨거우니 아프겠구나

꽃들의 제사

어떤 그리움이 저 달리아 같은 붉은 꽃물결을 피게 하는가
어떤 그리움이 혈관 속에 저 푸른 파도를 울게 하는가
어떤 그리움이 저 흰 구름을 밀고 가는가
어떤 그리움이 흘러가는 강물 위에 저 반짝이는 햇빛을 펄떡
이게 하는가
어떤 그리움이 끊어진 손톱과 끊어진 손톱을 이어놓는가
어떤 그리움이 저 돌멩이에게 중력을 잊고 뜨게 하는가
어떤 그리움이 시카다(cicada)에게 17년 동안의 지하 생활을
허하는가
어떤 그리움이 시카다에게 한여름 대낮의 절명가를 허하는가
어떤 그리움이 저 비행운과 비행운을 맺어주나
지금 파란 하늘을 보는 이 심장은 뛰고 있다
불타는 심장은 꽃들의 제사다
이 심장에는 지금 유황의 온천수 같은
뜨거운 김이 모락모락 피어오르고 있는데

맨드라미의 시간에

꽃이 도마에 오른다
말도 안 되는 희망이라니
그런 말도 안 되는 꽃이 도마 위에 놓였다,
계절 따라 피는 꽃들도 도마 위에 오르면
오스스 소름이 오른다, 소름이 돋아 피가 뭉쳐
도마 위에서 꽃은 붉은 볏으로 솟아난다,
얼굴이 빡빡 얽은 붉은 얼금뱅이가
고장난 시계를 안고 도마 위 꽃밭에 만발한다,
도마 위에선 내일이 없기 때문에
두 눈 뜨고도 앞을 못 보기 때문에
내일이란 말을 모르는 맨드라미 얼굴에 붉고 서러운 이빨
이 돋아난다
터널 끝에도 빛이 보이지 않을 때
우리는 그것을 맨드라미의 시간이라 부른다

피안을 거슬러
화단의 모든 꽃들과 돌들이 혹서를 치르고 있는 어느 여름날
바위마저도 스스로 다비하는 듯
우리는 그런 시간을 뜨겁고 붉은
맨드라미의 마그나 카르타라고 불러야 한다

해를 바라보며 목마름으로 더 타오르다 서서 죽는다

오른편 심장 하나 주세요

사랑은 머리 위로 떨어지는 칼
손으로 잡으면 늘 다치는 것
사랑은 가슴 위로 떨어지는 피
피하려고 해도 꼭 적시는 것

세상은 온통 배롱나무 꽃 천지
지금은 꽃의 피가
사방 공기에 다 물들었다

앞으로 갈 길에는 주유소가 없을 것 같다는 느낌
기름이 거의 떨어져가는데
다음 주유소는 나오지 않을 것 같다는 느낌

여기서부터다
주유소가 안 나오면
꽃의 피로 가야지,
못 박힌 자리마다 쏟아지는 피,
오른편 심장 하나 구하려고 배롱나무 꽃그늘에

해바라기와 꿀벌

해바라기 꽃잎 속에 고개를 파묻고
꿀벌은 성경을 읽듯이 꿀에 집중하고 있었다,
그 집중에는 이상하게도 서러움과 성스러움이 있었다,
누우면 발끝이 벽에 닿는 창문 없는 쪽방에서
서로의 몸밖에는 구할 것이 아무것도 없는 젊은 가난
우주의 한구석에서 쟁, 쟁, 쟁, 타오르는 해바라기 몸
종소리마다 박히는 크고 검은 씨앗, 탐스러운 꿀에 고개를
박고
차라리 모든 괴로움을 던져버린 날들도 있었을 것이다,
미래라는 단어만한 사치도 없었을 것이다,
죽어도 좋아,
가난한 꿀벌의 등은 등뒤에 걸린 칼날을 찰나찰나 예감하고
파르르 떨리기도 했을 것이다,
꿀에 머리를 박고 고요히 등뒤의 칼날을 느끼며
꿀 송이에 빠져 있는 깊은 꿀벌의 모습이
아프도록 슬픈 성자의 사색 어린 모습과 어딘지 닮아 있던
것이다

휘발유로 쓴 글자

방값 내고
불값 내고
물값 내고
밥값 내고
남은 게 없어요
모래밭에 앉아 일기도 썼는데요
무심한 파도가 가지고 갔나봐요

허무라니요?
등사지에 글자를 찍을 때는
기름종이에 철필이나 새 깃, 늑대의 다리뼈로 만든 촉으로
꾹꾹 찍어서 써야 해요,
그다음 등사판에 기름을 부어 인쇄를 할 때
석유를 부어야 해요, 휘발유를 부으면 안 된대요,
안 된다니까요!
휘발유는 날아가니까,

그것도 모르고
평생을 휘발유로 쓴 글자,
몸과 몸으로 쓴 글자만 빼고

마냥 휘발유로 쓴 책,
세계는 알 수 없는, 이상한 오렌지색 전류로 가득차 있는데
너와 나, 몸으로 낳은 씨앗은 지상에 두고
휘발의 회오리로 머리 풀고 날아올라가는

칼갈이 광고 차

강변북로, 출근길에,
추월 차선을 가로막고
'무료 출장 방문 칼갈이' 광고를 붙인 봉고차가 간다
급한 일이 없는가
추월 차선을 가로막고 세월아 네월아 느릿느릿 간다

'칼의 부활 가위도 부활'
'방문 칼갈이, 직접 방문하여 칼을 갈아드립니다'
검은 바탕에 선정적인 빨간 페인트 광고 글자,
봉고차는 보란듯이 계속 내 앞을 막고 천천히 간다
집에 있는 무뎌진 칼들이 생각나고
부엌칼, 쌍둥이 칼, 회칼, 과도, 고기 칼,
칼을 갈았던 게 언제인지 온갖 살림살이마다 엉망인데

살려고 하면 죽은 체하라, 죽은 체하면 삶이 온단다……
맥베스 마녀들의 돌림노래소리,
칼을 품고 사는 마음은 버리고 싶었는데
"무뎌졌다" 그 말 한마디를 던지고
투신자살했던 부산대 교수가 생각나고
칼도 예술이다, 그런 말도 생각나는데

발을 동동 구르는 숨가쁜 출근길에
좀 비켜줘요! 강의에 늦는다고요!
강의에 늦는 것은 아무것도 아니라고
칼갈이 광고 차는 천천히
추월 차선을 가로막고 세월아 네월아 내 앞을 가고 있다
보이지도, 보이지도 않는 향기로운 칼이

작년의 달력

12장의 그림 달력을 다 넘겼을 때
그 순간
속수무책이다
손써볼 도리가 없다
지구를 들어올리고 있던 힘줄이 일시에 다 끊어졌다

마지막 달력엔 이방의 성당 그림이 있었다
성당 안에는 가느다란 촛불들이 자작자작 타오르고 있었다
촛불 하나에 천사 하나씩
흰 뼈가 다 드러난 양초의 향기와 반짝임이 가득했다
그 많은 촛불은 무슨 기도를 올리고 있었을까

단 한 개의 숫자만으로도 가슴을 깨뜨릴 수가 있는 곳
속수무책인 곳
지상의 모든 악기의 줄이 일시에 다 끊어지고
심장을 포함한 모든 악기 소리가 금지된 한순간
화들짝 가슴을 깨뜨리는
작년의 달력

인간의 눈물이 있었고

아름다운 호소로 가득찬 호수가 있었고
다친 손이 있었고
그림 속에 날개 달린 천사도 있었다

한겨울 밤의 서정시

무섭게 추운 캄캄한 밤
가게들은 다 셔터 문을 내렸다
새도 별도 나뭇가지도 빙하 속에 갇혀 화석이 된 듯
거리엔 아무 기척이 없다
폐렴 걸린 패랭이꽃 같은 파르스름한 하현의 달
달의 눈썹에도 하얀 얼음이 끼었다
그리움도 기다림도 갈 길을 잃었다
불 꺼진 거리 모퉁이에
원룸촌이 있고
그 옆에 작은 코인 세탁소가 있다
불이 환하다
코인 세탁소 유리창엔 성에의 무늬가 반짝거리고 있다
세제의 향기가 살풋 끼쳐오고
빨래 삶는 하얀 수증기가 퐁퐁 올라가고 있다
따뜻한 비누 거품 속에
돌아가는 세탁통 안에는
색색의 티셔츠랑 브래지어랑 팬티랑 양말이 돌아가고 있다
와이셔츠랑 바지랑 란제리도 자기들끼리 돌아가고 있다

아무도 없는 캄캄한 한밤중에

쏟아지는 세탁 물방울 하나하나 속에 설핏 무지개가 비치고
여러해살이풀처럼 스러졌다 다시 서는
어제의 빨래들

무서운 밤이 흰 떡국처럼 참 따뜻하다

전망

신의 절개지가 눈앞에 펼쳐져 있다
바로 눈앞은 아니고 저기 저 앞이다
그러니까 나의 전망은 신의 절개지다
생살이 찢어진 붉은 절개지에도 사계절이 오고
나무뿌리가 지하수를 끌어올리고
새순이 돋아나고 꽃도 피고 열매도 열린다
절개지는 절개의 상처를 치료하려고 사계절 내내
저렇게 노력하고 있다
태초에 그리움은 그렇게 만들어진 것이다
다음에 무엇이 올지 모르면서
저만치
절개지 너머의 반쪽 산은 절개지 너머의 이쪽 산을 바라본다
장마철이면 또 생살이 찢어지던
절개지의 아픔이 시뻘겋게 되살아나 흙탕을 치고 내려온다
지금도 펄펄 살아 있는 저 붉은 아픔은
절개지의 절벽 위에 피어난
한 움큼의 야생화로 스스로 치료하려는 듯
갈 봄 여름 없이 조촐한 꽃들이 피었다 진다

'하필'이란 말

하필이란 말이 일생을 만들 때가 있다
하필이면 왜 그날
하필이면 왜 그 배를
하필이면 왜 거기에
하필이면 왜 당신이
하필이면 왜 내가
하필이면 왜 그때
하필은 언제 어디로 갈지 모른다
하필은 이유를 모르고 배후도 동서남북도 모르지만
하필은 때로 전능하기도 하다
우연의 전능,
우연은 급히 우연을 조립한다
하필은 불현듯 순간의 어긋남에 불을 비춰주는 말
잘못된 시간 잘못된 장소 잘못된 일이
하필은 기필코 하필이란 말을 물어보게 하는 말
하필은 참회도 없이 두 손을 붙들고 우는 말
하필이 쌓아올린 하필 그런 삶

좌파/우파/허파

시곗바늘은 12시부터 6시까지는 우파로 돌다가
6시부터 12시까지는 좌파로 돈다
미친 사람 빼고
시계가 좌파라고, 우파라고 말하는 사람은 없다
아무리 바빠도 벽에 걸린 시계 한번 보고 나서 말해라

세수는 두 손바닥으로 우편향 한 번 좌편향 한 번
그렇게
이루어진다
그렇게 해야 낯바닥을 온전히 닦을 수 있는 것이다

시곗바늘도 세수도 구두도 스트레칭도
좌우로 왔다갔다하면서 세상은 돌아간다
필히 구두의 한쪽은 좌파이고 또다른 쪽은 우파이다
그렇게 좌우는 홀로 가는 게 아니다
게다가 지구는 돈다

좌와 우의 사이에는
청초하고도 서늘한, 다사롭고도 풍성한
평형수가 흐르는 정원이 있다

에덴의 동쪽도 에덴의 서쪽도
다 숨은 샘이 흐르는 인간의 땅
허파도 그곳에서 살아 숨쉰다

'알로하'라는 말

그냥 알로하 한마디면 된단다
모든 좋은 것은 알로하로 통한단다

심장, 이 부드러운 향기의 힘
난초 꽃을 피우며 밀고 올라가는 힘
바다와 하늘이 서로를 비추는 이 유유한 힘
산마루와 골짜기가 서로 사랑하는 이 애절한 힘

오늘은 마음이 구름과 자유를 추구한단다
사랑이나 희망이나
그렇게 너무 어려운 불치병은 모래밭 속에 묻고
기세등등하지 마

알로하,
한마디면 된단다
희망에는 완치가 없지만
절망에는 완치가 있다고

구름같이 유유한 신의 자애로움을 따라
미소 한 포기를 가슴에 꽂고

한 걸음씩 한 걸음씩 조용히 가세요,

꽃피는 시절에 다시 만나리,

그냥 알로하 한마디면 된단다

노숙의 일가친척

해골의 윤곽이 그려진 초안에
밤이 내리면
꽃들도 꽃잎을 접고 노숙할 준비를 하고
나무들도 날개를 접고 노숙을 하고
새들도
묘지도 노숙을 하고
달도 노숙을 하고
강과 하늘이 서로 거울이 되는 양
별들도 강물 안에 노숙을 하러 멀리서 내려온다
아름다운 것들은 다 노숙을 하고 있다
무한한 것들은 다 노숙을 한다

노숙을 하는 묘지의 별 위로
노숙을 하는 새들이 잠시 새벽을 스치고
이슬이 몸을 털고 일어나는 아침
질경이 달개비 민들레 들아
너희들도 함께 노숙을 했구나
무비자 속에 비자가 있고
무조건 속에 조건이 있고
무연고 속에 연고가 있듯이

노숙이 노숙을 위로하는구나

노숙의 일가친척들을 거느리고
오늘밤이 또 묘지 곁으로 무한 속으로 나온다

우체국과 헌 구두

환한 햇살 아래 우체국 가는 길
발목에서 흘러내리는 검정 스타킹 같은 그림자가 길다
수취인의 이름과 주소를 소중하게 가슴에 품고
우체국에는 목마른 사람들이 붐빈다
우체국에는 선인장에 물을 주는 손이 있다
멀리 있는 딸의 주소를 적고
품목 칸에 헌 구두 두 켤레라고 적고 선물이라고 적고
그다음 가치를 적어야 한다
난해한 질문은 이것이다
가치는 곧 가격을 말한단다

가격이 곧 가치는 아닌데
딸의 헌 구두 두 켤레를 신고 비행기는 하늘로 날아간다
금 없는 하늘에서 비행기는 아름답기만 하다
마음은 특급 국제 소포의 배송 경로를 따라간다
산을 넘고 바다를 건너 소포는 간다
하늘의 심장을 지나 구름의 심장도 통과한다
갈 곳을 찾아서 꼭 갈 곳으로 간다

그리고 지상에는 우체국이 있다

국경없는의사회처럼 우체국도 그렇다

그리움은 누룩을 품고 날아가는데

지상에서의 귀중한 가치로 우체국을 꼭 믿는 마음이 있다

가격이 문제가 아니라 가치가 문제라면

우체국이 무너진다면

인간의 체온도 사계절도 모든 가치에도 금이 갈 것만 같다

'이미'라는 말 2

이미라는 말
하나의 세계에 고요히 문을 닫는 말
이미라는 말 뒤에는 아무것도 없다는 말,
미래가 미래를 완료하는 말,
누구도 누구를 구원할 수 없는 시간의 말,
문상객도 없이 병풍만 쳐놓은 그런 말,
박제가 박제를 완료하는 말,

이미라는 말에는
핏기 잃은 지상의 마지막 기도뿐
이미라는 말에는
바깥에서 아무것도 들어올 수 없는
'이미'라는 미래완료의 시간과
지금은 단지 어두운 그 통로를 천천히 걸어가는 소슬한 시간

알로하 꽃목걸이

호놀룰루, 화산섬이다

삶을 한번 망친 사람들을 위해서
호놀룰루 하늘은 그렇게 온화한 파란색으로 떠 있다

여기서 저 파란 하늘은 시신을 덮어주는 수의나
신생아의 미사포 너울
간호사의 옷깃이기도 하다

릴리우오칼라니
패망한 왕조의 마지막 여왕
알로하 꽃다발을 만드는 난초 꽃처럼 향기로운
슬픔

그녀의 손이 향기를 꿰어 꽃목걸이를 만든다
알로하 향기는
한번 자기 생을 망친 사람들의 아픈 몸을 바라보며
손을 잡고 맥을 짚어준다

여행으로의 초대

모르는 곳으로 가서
모르는 사람이 되는 것이 좋다,
모르는 도시에 가서
모르는 강 앞에서
모르는 언어를 말하는 사람들과 나란히 앉아
모르는 오리와 더불어 일광욕을 하는 것이 좋다
모르는 새들이 하늘을 날아다니고
여기가 허드슨 강이지요
아는 언어를 잊어버리고
언어도 생각도 단순해지는 것이 좋다
모르는 광장 옆의 모르는 작은 가게들이 좋고
모르는 거리 모퉁이에서 모르는 파란 음료를 마시고
모르는 책방에 들어가 모르는 책 구경을 하고
모르는 버스 정류장에서 모르는 주소를 향하는
각기 피부색이 다른 모르는 사람들과 서서
모르는 버스를 기다리며
너는 그들을 모르고 그들도 너를 모르는
자유가 좋고
그 자유가 너무 좋고 좋은 것은
네가 허드슨 강을 흐르는

한 포기 모르는 구름 이상의 것이 아니라는

그것이 좋기 때문이다

그것이 좋고

모르는 햇빛 아래 치솟는 모르는 분수의 노래가 좋고

모르는 아이들의 모르는 웃음소리가 좋고

모르는 세상의 모르는 구름이 많이 들어올수록

모르는 나의 미지가 넓어지는 것도 좋아

나는 나도 모르게 비를 맞고 좀 나은 사람이 될 수도 있겠지

모르는 새야 모르는 노래를 많이 불러다오

모르는 내일을 모르는 사랑으로 가벼이 받으련다

트로이의 시간

트로이에서
허드슨 강변에서
햇빛이 섞인 바닷분수의 물을 맞으며 노는 아이들,
태어난 것이 선물이고 하루하루가 축복
이런 말을 하며 놀고 있는가,
하루는 이렇게 흘러가고
다시 만날 수 없는 사람들이
해바라기 복판 같은 시계 속에서 춤추고 있는데
이 순간의 행복
이것 외에 다른 것이 없다면
이것 외에 다른 것이 없는데
지금, 이 선물,
왜 나는 이런 말을 못하는가,
트로이에서
허드슨 강변에서
붉은 태양을 품은 푸른 물결 아래
수박의 한가운데 같은 바닷분수의 시간 속에
하얀 편지 같은 갈매기가 날고
물속에서 물고기들 용솟음치고 있는데
강변 공원에 해바라기 복판 같은 여름이 타오르고

몸속에서 쟁 쟁 쟁 커다란 종소리가 울리고
매일매일이 생명의 전성기
이글거리는 노란 화판과 검은 씨 눈동자
이것뿐인데
이것뿐이라면
지금, 이 선물,
더이상은 없다면

푸른 점화

반딧불, 낙서보다 가벼운데,
파르스름하고 희푸스름한 것
떠오르는 순간 투명한 꽁무니에서 빛이 반짝인다
요요하다

(빛이 뜨거우니 아프겠구나)

결국 제 몸에 불을 질러야 반짝일 수 있고
제 몸을 태워 밀고 나가야 떠오를 수 있으니
반디가 떠오르는 것만큼 지평선의 무게는 가벼워지고
파란 점화는 반짝반짝
얼굴의 무게를 뜯어서 들고 간다

고유의 호흡
고유의 박차
혼자 타는 것들이 빛을 낸다,
혼자 가야 환하다
혼자 가야 환하게 거룩하다

반딧불 날아가는 곳에

어두움밖에 아무것도 없는데
박차고 날아가는 그곳에
어쩐지 영원이 있는 양하다

꽃피는 아몬드 나무

오하이오 주 작은 농촌 마을에서
언니는 아일랜드에 살고 동생은 뉴질랜드에 산다는 여자를
알게 되었다,
야채와 과일 등 유기농 농장을 하는 여자는
토요일이면 파머스 마켓에서 야채, 과일을 팔았다,
여자의 피부는 아몬드 빛, 야채는 늘 싱싱했다,
나도 아들은 토론토에 살고 딸은 뉴욕 주에 살고
나는 서울에 산다고 말했다,
러브 트라이앵글……
여자는 웃었다 먼 거리를 슬퍼하지 않는다
얼굴 한번 보기 어려워도
거기가 멀어질수록 러브 트라이앵글이 커진다고 했다,
물과 달은 어느 대륙이든 다 하나로 통하지요
만해 스님의 「사랑의 측량」?
존 던의 「애도를 금함」에 나오는?
지혜는 밭에서 나온다
여자는 남편은 땅속에 묻혔고
부모님은 하늘의 별이 되었으니
러브 트라이앵글이 더 커졌다고 한다
바닷빛은 어느 날은 옥색이고 어느 날은 회색이니

사랑의 빛깔은 모른다고 하였다
노란 금작화들이 흐드러지게 타고 있었다
사랑의 풍선이 터지는 것을 많이 본
아몬드 빛 눈이었다

내 속에 내가 마트료시카

내 속에 내가 내 속에 내가 내 속에 내가
두 팔을 흔들며 두 다리를 바둥거리며 두 발을 차며
내 속에 내가 내 속에 내가 내 속에 내가
5피스짜리 마트료시카
내 속에 내가 내 속에 내가 내 속에 내가
바둥거리며 두 다리를 흔들며 두 발을 차며
볼링 핀처럼 우르르 쏟아지며
내 속에 내가 내 속에 내가 내 속에 내가
새벽에
고요한 시간에
내 속에 내가 내 속에 내가 내 속에 내가 내 속에
수원지가 터진 듯 울고 있는
손톱만한 나
궁극의 초상이
5피스짜리 마트료시카 속에 속에 속에 속에
발버둥치며
울며
고요히 도장 뚜껑처럼 딱 몸을 닫는
겨자씨만한
나

멍게

붉은 갑옷을 두르고 싱싱하게 몸부림치면서
푸른 바다에서 헤엄쳐왔건만
너는 도마 위에서 끝난다.
선홍빛 갑옷을 벗기우고
칼 앞에 부드러운 속살이 뭉클거린다.
웃음, 그렇다. 설핏 웃음기 같은 것이 흘렀다.
속없이 어설픈 웃음이 있었다.
푸른 바다를 건너온
수줍은 듯 쓰디쓴 듯 보들보들 보드라운 노란 웃음
모든 웃음은 이빨 달린 웃음이라는데도
멍게 속살은 더할 나위 없이 보드랍기만 하다.
젓가락으로 멍게를 집어 올릴 때마다
그것이 쉽지 않았다는 건
미끄러지는 쾌에 슬픔을 담은 까닭은 아니었을까.
멍게가 설핏 웃는다.
접시 위에 노란 속살을 가지런히 진열하고
이제 더 잃을 것은 없는데
다 끝나서 속이 시원하다는 듯이
속없는 멍게가 노랗게 웃는다

아무도 아무것도

죽음의 문제는 죽음 혼자 풀 수 없고
삶의 문제도 삶 혼자서 풀 수가 없듯이
낮의 문제도 낮 혼자 풀 수 없고
밤의 문제도 밤 혼자 풀 수가 없다

밤의 문제를 밤 혼자 풀 수가 없어
새벽이 오고 태양이 뜨고 대낮이 오듯이
하늘은 바다를 그리워하고
모래도 모래를 그리워할까

남의 문제를 남 혼자서 풀 수가 없고
북의 문제도 북 혼자서 풀 수 없듯이
나의 문제도 나 혼자 풀 수가 없어
나의 곁에 더불어 네가 있다,
잊어도 좋은데 한사코 너의 이름을, 너의 이름만 부른다

추수감사절 저녁
속을 파내고 불을 켜놓은 커다란 호박의 내부 속에
내부의 사랑을 내부 혼자 풀 수가 없어
코를 파묻고 불 주위를 맴도는 가을 꿀벌처럼

아무도 아무것도 혼자 어둠을 밝힐 수는 없다

2
_____

애도의 시계에 시간은 없다

막막한 시간

천 번의 천둥이 울어도
천 번의 번개가 잇따라도
비 한 방울 내리지 않는
밤부터 새벽까지 나는 천둥의 숫자를 세어보고 있었다
빗방울의 숫자도 세어보려고 했지만

선거 때만 되면
안 삶은 행주 같은 사람들이 새 옷을 입고
거리 곳곳에 나와 새 행주가 되겠다고
꼭 삶은 행주가, 항균 행주가 되겠다고 난리 아우성치는
우습지도 않은 길목에서

오늘은 오늘의 비가 내리고
내일은 내일의 비가 내렸으면,
(곰팡이는 곰팡이를 반성하지 않고)
오늘의 행주는 꼭 오늘 삶고
잊지 말고, 오늘의 약은 꼭 오늘 먹자

애도 시계

애도의 시계는 시계 방향으로 돌지 않는다
시계 방향으로 돌다가
시계 반대 방향으로 돌다가 자기 맘대로 돌아간다
애도의 시계에 시간은 없다

콩가루도 기도를 할까
콩가루가 기도를 할 수 있을까
콩가루가 기도를 한다면
어떤 기도를 할까
콩가루는 자기를 복원해달라고 기도를 할까
콩가루가 복원될 수 있을까
콩가루에게 어떤 기도가 가능할까

애도의 시계는 그런 기도를 한다
가루가루 빻아져 콩가루들은 날아갔는데
콩가루는 콩가루의 소식을 모르고
콩가루는 콩가루의 주소를 모르고
콩가루는 향수를 모르고

콩가루는 다만 바람 속의 근심으로 바람의 애도를 한다

회오리를 타고 시시때때

애도의 시계는 꿈에서 거꾸로 나온다

세월호에서 산다는 것

망망한 수평선을 바라보며 하루해가 진다,
누워 있는 ＿자는 무한히 막막하다
수평선에 그냥 누워버리면 되는데
그냥 ＿이 되면 되는데, 안 되려고 하는 데 인간이 있다

"소리는 호랑이 꼬리를 잡는 것과 같아. 죽을힘을 다해서 잡
고 있어야지 놓는 순간 물려서 죽는 거야."
　명창 성우향의 말씀이다,
　생활이 곤궁하여
　1970년대 서울 화양동에서 하숙을 칠 때도
　성명창은 하숙집 곁에 토굴을 파고
　지하실에 들어가 매일 소리 연습을 했다고,
　배우 최진실은 어느 해의 일기장에 이렇게
　조난자의 목소리로 쓰고 있다,
　"환희야 수민(준희)아 나의 아들딸아.
　엄마 어떻게 하면 좋아? 엄마는 지금 너무 막막하고 무섭
고 너희를 지푸라기라고 생각하고 간신히 너희를 잡고 버티
고 있단다. 너희만 아니라면 삶의 끈을 놔버리고 싶을 정도다.
하루를 살더라도 너희와 활짝 웃으며 푸른 들판을 달리고 싶
고……"

성명창은 결론적으로 조난에 대처해온 삶을 이렇게 썼다,

"지나온 세월을 돌이켜보면 구비구비가 고초요, 가난의 흔적이다. 소리의 흥감에만 도취돼 한시도 딴 일에는 눈길 한번 주지 않고…… 힘겹게 노를 저었던 우둔한 사공 같았다."

그렇게 우둔하게 나의 노를 저어야 한다는 것이다
힘겨운 삶, 가난의 흔적,
그 위에서 목숨을 다해 호랑이 꼬리를 잡고 있어야 한다는 것이다
비로소 희망은 호랑이 꼬리에 있다는 것이다

저녁의 잔치

저녁, 아직 다 다리가 끊어지지 않은 시간에
야전병원 같은 하루가 진다,
언제 끊어질지 모르는 다리 위에서
노을은 울부짖노라, 왔다갔다하는 하루의 상처가 말도 못하고
쏟아지는 양동이의 피처럼 저물어갈 때
부상병의 하루를 정리하고
기약이 없는 병든 팽이처럼 또 일어나야겠다고

일어날 수 있겠는가, 뼈의 유령인 팽이여,
다리의 모서리에 걸쳐져서,
정말 광장 앞에는 나동그라진 뼈의 유령들이 즐비하다
부상당한 팽이에게는 역사가 없다,
역사도 상처도 기억도 노여움도 4월 5월도 없이
팽이는 그저 오늘의 채찍으로 오늘 돌고 있을 뿐인데
그런 간신히 팽이를 김수영은 성자라고
바보라고, 야전병원의 하얀 거즈 같은 위로라고도
마지막 힘을 다하여 젖 먹던 힘까지 다하여 팽이는 돌고 있다
바라춤같이 속으로 울며 돌고 있다

내일의 팽이는 어제의 팽이로 급하게 넘어갈까,

아니면 일어나서 한번 더 핑그르르 돌아볼까,

배 넘어가는 순간에 저 혼자 배를 탈출한 선장 같은

대낮에 팬티만 입은 고급 남녀들이 곳곳에서 키를 잡고

중대한 도장을 무섭지도 않게 찍고 있는데, 모두 돌다가 쓰
러질까,

이냥 이대로,

노을이 비스듬히 걸린 붉은 다리 끝에 팽이가 돈다

세상의 모든 팽이가 다 쓰러지고 말면

세금은 누가 낼까, 전선은 누가 막을까, 국가는 누가

지킬까, 병원은 누가 간호할까,

(병원이 나를 간호해야지)

(병원을 내가 간호하는) 이 말도 안 되는, 터무니없는,

아픈 팽이에게 세상은 거대 정신병원의 격실과 다름없는,

뇌수를 미싱 바늘로 쪼는 석양의 낭떠러지

사랑할 수 있는 한, 햇빛 한줄기가 있는 한

저녁의 다리가 다 끊어지지 않는 한

영원히 자신을 고쳐가며 일어서고 또 일어서야 할 시간에

아픈 팽이에겐 누더기 같은 역사도 분노도 기억도 없다

쓰러지고 고쳐가고 쓰러지며 또 고쳐가면서
어제와 오늘과 내일이라는 단순을 폐기하며, 단지
평범한 사람의 빛나는 순간을
성자가 될 때까지, 피를 묻히고, 저녁노을 아래서 온몸으로
돌고 돌면서
못 박힌 발로 휘이휘이 춤추며
속으로 울며 눈을 감고
일어서는 자의, 비틀거리는 자의, 취한 팽이들의 고요한 춤만
저녁 광장에 조명을 켠 광화문처럼 가득하다

가족사진

어느 가정에나
대개 벽에는 가족사진이 든 액자가 걸려 있다,
부모의 결혼식에서 시작하여 아들딸의 돌 사진,
사각모를 쓴 졸업식, 자식의 결혼식이거나
부모님의 수연(壽宴) 잔치 사진 속에 가족들은 대개 웃고 있다
꽃다발을 사서 들고 생애의 가장 좋은 옷을 챙겨 입었다

액자 속에는
"순간아 멈추어라, 너는 정말 아름답구나"와 같은 슬픔이 깃
들어 있다
그 말을 하면 바로 그때 악마가
파우스트의 영혼을 잡아간다는 책이 있었다,
가족사진 속의 웃는 얼굴들이 어딘지 서글픈 것은
그런 말의 포로처럼 순간이 아슬아슬 걸려 있기 때문일 게다

"멈춰라, 순간이여, 너는 진정 아름답구나"
라고 외친 순간에 누군가 영혼을 잡으러 온다고
쓸쓸히 그늘져 보이는 얼굴에
순간 환한 마그네슘 불꽃이 터지고
시간은 화려한 피처럼 거기에서 명멸하듯 멈추었다

거대한 팽이

너무도 절망이 태연할 때
천지 사방 흩어지는 콩가루 집안처럼 마음이 흩어져서가 아
니라
가령 혼자 속으로 울며 무념무사 빙빙 도는 팽이처럼
너무도 절망이 태연하고 깊은 철학이 서린 듯 아름답기까지
할 때
그런 것을 처절한 황홀이라고 하나,
나동그라지다가 일어나 활짝 펼쳐지는 온몸의 파라솔,
고통의 제자리걸음이라기보다
몸에서 몸을 일으키는,
고통이 고통을 넘어 고요 속에 고요의 춤이 가득할 때
(아무도 도와줄 수 없는 팽이의 운명에)
의젓한 중력을 딛고
온몸에 칠해진 팽이의 알록달록 다채로운 색깔이
빙빙 어우러져 급기야 하얀 무지개처럼 솟아날 때
희망에는 증거가 필요하다고 했던 슬픈 거짓말
(쳐라 쳐라 몹시 쳐라, 얼마나 많은 채찍을 넘어왔나)
해는 지고
달은 뜨고
살점을 도려내고 쇠못을 박아

핑그르르 도는 발에서 깊은 피가 흘렀어도
팽이는 너무도 태연한 절망의 팽이 놀리듯
몸에서 몸을 일으키며
제 눈앞의 팽이의 춤을 조용히 건너다보고 있는데
간혹 크낙새 깃 치는 소리만 아득하고
하얀 무지개 춤이 팽이의 배 한가운데서 솟아나는
성스러운 저녁 마당에
(광화문이여, 광화문이여)
누가 팽이와 팽이의 춤을 구별할 수 있는가

팽이가 돌고 있다
천지인 가득 휘영청 팽이들이 돌고 있다
도토리나 상수리, 청설모까지 나와 제 몸을 환히 밝히며 팽
이들이 돌고 있다
나무와 칼과 뼈와 빛으로 빚은 팽이들이
꿈결처럼 조용히 팽이들이 팽이들이 돌고 있다
나도 감히 상상을 못하는 거대한, 거대한 팽이,
누가 꿈과 꿈꾸는 자를, 혁명과 혁명가를 구별할 수 있는가

목에 걸린 뼈

목에 걸린 뼈
3천 마디 몸에 걸린 골절의 뼈
누구의 얼굴을 닮은 것도 같고
누구의 말이 귓가에 남은 것도 같은데
목에 걸린 뼈
어느 약물로도 녹지 않는 뼈
매일매일 슬픈 역사를 적는 일기장 같은 뼈

월요일에 목에 걸린 뼈는
수요일에도 목요일에도 목에 걸려 있고
화요일에 목에 걸린 뼈는 어쩌면 일요일까지도 걸려 있고
다시 월요일로 와서
깊은 밤 광야에서
땅을 붙들고 하늘을 붙들고 울 때
곁에서 통탄하며 울던 뼈

애도 없는 애도의 하늘
광야에서
월요일에도 화요일에도 목요일에도 금요일에도 토요일에도
목에 걸린 뼈, 뼈들이

바람 소리에 피리 소리를 내며 덜그덕거리고 있는데

인간의 악기는 결국 자기 뼈 흔들리는 소리를 내며

운다

손톱으로 가득찬 심장

죄 속에서 죄는 죄를 모른다
고독 속에서 고독은 고독을 모른다
"전국 곳곳에서 고독사 속출"
양심수도 아니면서 늘 가슴이 아픈 것은
오늘도 죽음이 별에 스치우기 때문이다

한겨울, 알지 못할 씨앗을 숨겨놓은 화분에
흙이 울퉁불퉁 버성버성하다,
현미경 같은 심정으로 가까이 가본다,
화분 속엔 흙보다도 모래 알갱이나 잘게 잘린 나무껍질,
파편들, 손톱이 차 있는 것 같다,
부러진 손톱들, 해변의 모래 알갱이들,
바위의 혈족 같은 박토를 뚫고
어쨌든 봄에는 씨앗이 솟아난다,
봄에는 이나저나 흙의 본심을 알게 된다,
작은 다람쥐가 겨울 창밖에서 도토리 껍데기를
작은 톱니 이빨로 갉고 있다,
야금야금, 오물오물, 두꺼운 껍데기를 갉는
실낱처럼 고독한 한겨울의 이빨이 있다,
그 이빨을 타고 봄은 달음박질하며 오더라,

화분 속에 부러진 손톱, 갈라진 손톱, 빨간 칠 손톱,

파란 칠 손톱, 바늘 손톱, 톱날 손톱들이 가득한데

그 선혈을 먹고 고요히

뿌리는 튼튼하게 자라나서

쑥쑥 손톱들 사이로 아네모네 피의 꽃잎들 가득한데

손톱은 자신이 찌른 피의 맛을 기억하고 있나보다

그런 모든 슬픔을 합하여

손톱으로 가득찬 화분에서 씨앗이 드디어 싹을 틔우고

푸른 잎이 넘실대고 화려한 꽃이 피어나고

꽃잎과 꽃입

과일과 씨가 다시 맺히는 것처럼

손톱으로 가득한 심장에서

사랑의 봄이 흘러나오는 날이 있을 게다

어느 일몰에 문득 일어서 불타는 울루루가

커튼을 걷은 봄의 창턱에서

샛노란 수선화가 환자처럼

유리창 밖을 지나가는 사람들을 쳐다본다

하늘을 보는 사람

이럴 수가 있느냐고
하늘을 본다
이럴 수는 없다고
하늘을 본다
이래서는 안 된다고
하늘을 본다

하늘을 보는 사람은
땅끝으로 나온 사람

막막히 걷다보면
그럴 수도 있겠지
하늘을 본다
그럴 수가 있을까
하늘을 본다
그럴 수밖에 없는가
하늘을 본다

하늘의 마음아 나를 보아라
바위의 피 한 방울

돌의 피 한 방울
석고상의 피 한 방울
마지막 한 방울의 피까지라도
기도하면서
수평선만큼 지평선만큼 하늘을 본다

하늘은 공평하게

하늘은 공평하게
슬리퍼를 끌고 나온 노인에게도
아장아장 걷다가 모래밭에 엎어지는 아가에게도
정장을 차려입고 생명보험을 팔러 다니는 영업 사원에게도
아기를 하늘나라로 보내고
젖몸살로 퉁퉁 불은 젖을 뚜욱뚝 짜고 있는
탐스러운 젊은 엄마의 유방의 곡선 위에도
박사과정 학생의 무거운 가방 속으로도
정신이 혼미한 할머니의 혈관주사액 주머니 속으로도
하늘은 공평하게 하늘을 골고루 나누어주신다

누구의 하늘인가?
누구의 파란 하늘인가?
난 하늘이 공평하게 누구에게나
자기 자신을 나누어주시는 것이 좋다
하늘은 누구의 것이 아니어서 더 좋다
내 것이 될 수 없어서 더더욱 좋다

시간은 떨어지는 칼과 같아서
나 하늘나라 갈 때도

저 산 위에 꼭 저대로 저 하늘을 걸어놓고
하얀 신경의 흉터 하나도 남기지 않고, 걷어가리,
두고 가리,
놓고 가리, 저 파란 하늘 그대로

허공의 밀가루 한 접시

오늘 이상하게도 부엌 싱크대 위에 놓인 밀가루 접시가
움직이는 것 같다, 눈짓하는 것 같다,
접시에 담긴 밀가루가 무언가 입술을 달싹이는 것 같다
라디오에서는 시 소나타가 들려온다
어느 시인이 자신의 시를 읽고 있다
밀가루에 모래언덕같이 이상한 하얀 주름이 잡히는 것 같다
육신은 결코 영원한 것은 아니어서
밀가루 같은 가루가 될 뿐이다
나는 내 손을 바라본다
나는 내 발을 바라본다
마른 유채꽃의 심장 같은 내 얼굴을 내 손으로 만져본다
내 유방을 복부를 두 다리를 복숭아뼈를 하나하나 만져본다
어디에도 일인칭이 찍혀 있고
어디에도 밀가루는 없지만
이 육신은 결코 영원한 것은 아니어서
밀가루 같은 하얀 가루가 될 뿐이다
밀가루엔 뼈가 없다
뼈가 뼛가루가 되었기 때문이다
창밖에 펼쳐 있는 하늘을 바라본다
하늘에 푸릇푸릇 부글거리는 무언가가 있는 것 같다

냄비 뚜껑에 수증기가 새긴 글자 같은
일인칭은 밀가루에게 이미 소멸하였다
라디오에서는 여전히 시 소나타가 들려온다
열어놓은 창문에서 바람이 불어와
시인의 목소리와 함께
접시 위의 밀가루가 뿔뿔이 흩어진다
허공으로 날아가는 밀가루를 잡으려고
뒤늦게 두 팔을 내밀어 휘이휘이 허공을 마구 휘저어본다

충만한 시간

여기는 흙이 향기로워,
물통을 들고 혼잣말을 하며 여자는 간다,
계기판의 연료통이 빌 때까지 달리는 심정으로
채석장 깨진 돌 틈새에 명자나무 붉은 꽃이 피어 있다,
세상에나…… 있는 힘을 다해서 피어났네……
젖 먹던 힘을 다해서……
여기는 돌도 향기로워,
여자는 물통을 들고 그림자를 밟으며
타박타박 지평선 끝으로 걸어간다

이 하찮고 무의미한 것들 뒤로
쓰고 남은 잉여의 달, 하얀 윤달이 나부끼고 있다
먼 시간을 지나서야 아름다워지는 풍경이 있다

유일한 시간

옥상 위에 무엇이 있을까
환자를 돌보다가 하릴없이 옥상 위에 올라가본다
조용한 옥상 위에는 아무것도 없다
고요한 옥상 위에는 고요한 햇살만 있고
아무것도 없고 고요한 옥상만 있다
옥상만 있고 아무것도 없는데
빨랫줄이 일자로 여백을 그리고 있다
빨랫줄에는 일자만 그어져 있고
빨랫줄 위에는 아무것도 없다
오래 고요히 들여다보고 있으면 빨랫줄 위에 조롱조롱 햇살
이 묻어 있다
하늘이 앉아 있다
하늘이 고요하게
빨랫줄 위에 앉아 있다
환자는 하늘을 모르고 하늘도 환자를 모른다
이 무덤덤한 고요가 세상을 시계를 밀고 간다
참 고요한 시간
유일한 시간이다
오늘 날씨가 참 좋습니다

저 슬픔 으리으리하다

슬픔이 으리으리하다는 게
말이 될까요?
인간으로 태어났는데
낙원을 꿈꿀 수가 있을까요?
낙원을 꿈꾸는 그 마음이 끊이지 않는다는
바로 그 자체가 지복의 순간일까요?
그것만이 다일까요?

택배 배달이 와서 상자를 열었어요,
복숭아 한 상자가 온 거예요,
복숭아 한 상자는 녹아 흐르는 향기로
무르익은 분홍의 색으로, 뭉긋하고 풍만한 크기로,
그렇게 한 상자로 왔어요,
복숭아 한가운데를 잘라보자
아름다운 핏빛, 선홍 빛깔이 가슴에서 광배처럼 퍼져나가요
광배(光背)요, 광배? 광배요,

복숭아 한가운데
핏빛 가슴이 선홍빛 광배를 키우고 있어요,
저 살결, 참 살가워요,

배달이 오래 왔는지 복숭아 살결이 좀 뭉그러졌어요,
불행에서 불멸이 나온다는데
뭉그러지면서 향기가 너무 현란한데요,
그래요, 다치면서 깊어지는 저 마음,
뭉그러질 때 향기는 더 진해지고 낙원은 더 가까워요,
저 슬픔, 참 으리으리하네요

가을의 노래

스팀다리미에서 나오는 하얀 김이 따스하다고 느낄 때
나는 내가 외롭구나 하는 것을 안다

십자수는 화사하고 평화로운 목가적 풍경을 만드는데
알고 보면
그토록 평화로운 십자수도
십자가를 연속으로 수놓아서 만드는 것이다
뼈가 아프게 십자가를 지고 가야 목가풍의 십자수가 완성되
는 것이다

끓는 용암에 뼈를 뿌리는 심정으로
스팀다리미의 하얀 김에 코를 대어본다
혈관에서 사각사각 사과 깎는 소리가 들리는 듯하다

젖가슴 골짜기

그 산에 동백사라는 절이 있더란다.

그 절에서 수행을 하던 주지스님이 득도 직전 아름다운 여인에 홀려 벼락을 맞아 바다에 떨어졌는데, 가사가 날아가 가사도가, 장삼이 날아가 장산도가, 날아간 상의가 상태도, 하의가 하의도가 되었더란다. 손가락은 주지도, 발가락은 양덕도, 목탁은 불도가 되었더란다.

네가 무슨 섬을 남기겠느냐,
득도 직전까지 가보겠느냐,
벼락 맞아 죽을 만큼 사랑해보겠느냐,
폭포와 피, 동백꽃 심장,
수평선과 지평선 온 가슴 낭자한 가슴 골짜기에
쌓여, 흘러, 점점이 찢어져
아, 모르겠다, 난 이제 간다,
젖 먹던 아기 두고 홀연 일어나
한반도 어느 바닷가에 젖가슴 낙조 한 2천 리 남기고
내 모가지는, 내 손가락은, 내 발가락은
이름도 없이 그냥 바다에 모두 드리고 날아가리

나무 십자가

내가 십자가를 놓으면
지구가 위험해지고
당신도 마찬가지
당신이 십자가를 놓으면
또 그만큼 지구는 위험해지고

그래서 우리는 십자가를 못 놓고

서로 마주보며
거기, 거기서
나무 십자가 양끝에서

생인손

손가락 하나를 앓으면서부터
다른 것들은 다 배경으로 물러선다,
시퍼렇게 파도를 몰고 달려오는
한 고통의 기세등등, 의기양양 아래
세상에는 당신밖에 보이지 않고
다른 생의 가치들은, 뼈들이 녹는 비누의 시간이다,
하늘 아래 홀로 번쩍이는
시퍼런 생인손 아래
연보라색, 진보라색, 흰 보라색, 노랑 보라색
제비꽃들이 한 송이 한 송이 거짓말처럼 피어났다 스러진다

달도 달빛을 잃고 장미꽃도 영혼조차 없어졌다,
생인손도 아프지만
하나의 고통이
세상의 모든 고통을 지배하는 것은 더 무서워,

그렇게 당신은 나의 생인손이다

자작나무 자작자작

자작나무를 집 둘레에 심었다,

그 나무를 심으니 숲속의 귀족 백석의 고향 같기도 하다,

암수 한 그루여서 홀로 있어도 고고하고 충만하다,

하얀 피부가 엷은 창호지처럼 얇게 벗겨지면서

자작나무는 성장한다,

하얗게 몸피가 벗겨지면서 검은 속눈썹 새카만 눈동자가 생

겨난다,

하체에도 생기고 배에도 생기고 가슴팍에도

목에도 턱에도 속눈썹 새카만 눈동자가 생긴다,

얼굴의 눈동자는 늘 완성되지 않는다,

계속 얼굴이 올라가고 있기 때문이다,

늘 시간이 흐르고 있기 때문이다,

그 검은 눈동자들로 자작나무는 자작자작 나를 보고 있다,

나도 자작나무를 보고 있다,

슬라브에서는

신이 보호하기 위해 자작나무를 외딴 마을에 보낸다고 했는데

엷은 창호지처럼 벗겨지는 피부를 잘 모아

사랑의 편지를 쓰면

진실로 순수한 사랑의 편지를 보내면

그 사랑이 이루어진다고 했는데,

하얀 껍질을 잘 벗겨서 시신을 싸
미라를 만들기도 했다는데
자작나무는 몸으로 쓴 사랑 편지,
죽은 몸이 사랑의 편지가 될 때까지
몸 바쳐 사랑을 바치라는 것인가

자작나무는 나를 바라보고
나는 멀리 떠나서도
자작자작 자작나무 타는 소리를 심장의 운행 속에 들으며
자작자작 타는 심장의 잉걸불 소리에 언 몸을 녹이며
그 사랑을 잊지 않고 살아가고자 한다

2박 3일

이렇게 가시다니요, 어떻게……
뜨거운 감정의 찢어지는 극단,
목놓아 울다가
국화꽃 속에 파묻힌 영정 사진 앞에
절을 두 번 하고 꿇어앉아도 보지만
찢어진 깃발처럼 나부끼는 것들이 목구멍에 걸린다
꿇어앉은 등판에 채찍질이 날아온다
숯불 화로를 얼굴에 지피고
2박 3일
검정 양복, 흰 치마저고리, 머리칼을 풀어헤치고
국화꽃에 파묻힌 영정 사진 앞을 왔다갔다
어떻게 이렇게 가시나요, 정말……
왁자지껄 슬픔의 술이 흐르고
무리지어 타오르는 양초 불 냄새
육개장 덥히는 뜨거운 불길,
돌연 제트기가 이륙하듯 찢어지게 굉음을 지르며
오냐, 너, 이 찢어 죽여도
시원찮을……
미움의 씨앗들이 한판 엎질러지고
멱살을 잡고 멱살을 잡히고

그러다 정결한 국화꽃 화환 아래

찢어 죽여도 시원찮을 놈들과 년들끼리 모여 앉아

순하게 고개를 숙이고

옷깃을 여미고

지금 이 시간을 0시로 삼아 새 출발을 해보자고

2박 3일

국화꽃은 시들고

3

당신도 나도 아무도 아니고

고요의 노동

주변에 소란스러운 일이 많은데도 나는 고요하다,

비극…… 그런 단어가 귀에 들어온다,

비극이라니…… 그런 것은

인제군 용대리 황태 덕장에 널린 겨울 명태처럼 흔해빠진 것

이다,

그것만으로는 안 된다,

끝낼 수도 없고 끝날 수도 없다,

얼었다 녹고 녹았다 얼면서

황태 덕장에 널린, 꾸덕꾸덕 말라가는 명태야,

얼음과 수증기 사이에서

울며불며 덕걸이에 걸린 명태야, 그렇지 않을까?

덕걸이에 걸려 있는 것만으로 비극을 말하기엔, 그것만으론,

무언가가 모자란 것이다,

비극은 비극에 걸려 있지만 말고

겨울바람을 타고

황홀에까지 나아가야 한다,

삶을 몇 바퀴 돌아 명태가 황태로 거듭나는,

꿀 같은 노란 순간 같은

비극적 황홀성이라는 산마루에 올라야

거기서 제대로 소리가 나온다는 것이다,

나는 고요하다,
바흐의 〈무반주 바이올린을 위한 파르티타〉처럼
얼음과 수증기 사이에서
안으로 홀로 고요에 열심이다,
홀로 언덕을 막 올라가는데
산마루 어느 환한 지점에 김영랑 시인이 북을 잡고 나온다,
"자네 소리하게, 내 북을 잡지"*
"진양조 중모리 중중모리
엇머리 자진머리 휘몰아보아"
그렇게 둘은 북 치고 소리한다,
서편제의 오누이처럼 산을 넘고 물을 건너
멀고먼 하늘나라로 날아가는 색동 두견을 날리며
"이렇게 숨결이 꼭 맞아서만 이룬 일"
소리와 소리는 얼싸안고 황홀하다

비극이 비극을 넘어서는 지점이다,
'빛이 있으라 하시니 빛이 있었고' 할 때의
꼭 그런 아득한 빛이 천지간에 가득하고
그 지점에 가야 비극이라는 둥 그런 말을 할 수 있다,
그 지점에 가야 비극이라는 둥 그런 말을 잊을 수 있다,

황태 덕장에 걸려 눈 맞고 있는 명태들,
얼음과 수증기 사이 지금 울고 있는 너

* 이 시에 나오는 큰따옴표 안의 시구는 모두 김영랑의 시 「북」에서 인용한 것임.

선풍기가 간호하는 방

선풍기만이 간호하는 그 병실에
나는 당신을 두고 왔다,
시간이 많이 흘러 아주 멀리로 왔다,
선풍기 날개에 일렁이는 미풍이
당신의 얼굴을, 링거 바늘 꽂힌 팔을, 손을, 다리를 간호하며
로렐라이 여인처럼 숨결을 쓰다듬고 있다,
서쪽으로 가는 숨소리가 방안에 가득하다

은지화같이 창백한 방이다
창백한 은빛 데스마스크가 넘치는 방이다
당신의 은빛 데스마스크는 점점 커지더니
문지방을 넘어 흰 구름처럼 멀리멀리 퍼지고
이제 내가 은지로 접은 당신의
데스마스크는
어떤 험한 고개에서도 본래의 심장처럼 내 왼쪽 가슴에 걸려
있다
스미고 퍼져 흘러넘치는 것은 은빛 월광

은지가 월광을 끌고 오는데 도원 – 낙원의 가족을 본다,
하얀 복사꽃과 푸르른 이파리들 사이로 복숭아가 열렸고

알몸의 아이들이 뒤엉켜 놀고 한 남자가 신비한 복숭아를 여
인에게 바치고 있는
　이중섭의 낙원
　아마 낙원은 그러하리라
　선풍기만이 간호하는 그 방에서
　월광 아래서 차마 그렇게 숨결에 꿈결로 가능하리라

사랑의 서쪽

해가 있다면
달이 있더라,
해가 있다면
해에게 하는 말이 있고
달이 있다면 달에게 하는 말도 있더라,

어쩌면 이제 우리에겐 해에게 할말보다도
달에게 할말이 더 많을지도 모른다는 이 잔혹한 예감,
해도 해지만 달궈진 인두같이 뜨거운 햇빛,
논밭도 양철 지붕도 역사책도 불처럼 달궈져
만물 곡식이 다 타 죽을지도 모른다는 이 예감,
다리가 아예 끊어졌을지도 모른다는 소식,

그런 날은 달이 떠도 캄캄하더라,
캄캄하기만 하더라,
다리는 끊어졌더라,
나의 시계를 잃어버렸다고 세계의 시간이 멈추는 것이 아니듯
세계의 시계가 꺼졌다고 해서
내 시간이 끝나는 것도 아니어서
아니더라, 간극이 있더라, 견뎌야 할 시간이더라,

그래서 더 슬프더라,

시간이 안 맞는 시계만 천지에 가득하더라,

당신은 새 하늘과 새 땅을 말하지만

시인은 새 언어와 새 땅을 말하더라,

새 언어가 와서 새 땅이 열려야

그렇게 하늘은, 새 하늘은 열리더라

달에게 그런 말을 하더라,

새 언어와 새 땅,

반달을 부여잡고 달에 제 반쪽 가슴을 꼭 맞춰보더라

사랑의 동쪽

사랑은 그렇게 하는 거라더라,
목숨의 제사처럼 하는 거라더라,
목숨은 한 개밖에 없는데
그 한 개밖에 없는 것으로
그 한 개밖에 없는 것을 바치니까
사랑은 찬란한 목숨의 제사가 된다더라

사랑은 동쪽 사과나무 아래
파묻은 알몸, 하얀 사과꽃 그늘 아래
산 채로 태우는 다비(茶毘) 같은 것,
번제,
알몸 위에 오래오래 불꽃이 타올라
뼈에 꽃무늬 같은 꽃물결 질 때까지
사랑은 그렇게 기어이 찬란한 목숨의 제사가 되어야 한다더라

사랑의 남쪽
—웃음 속의 이빨

햅쌀이 쏟아진다

추석을 앞두고

추석보다 먼저 햅쌀이 쏟아진다

피땀 흘린 이빨들이 진주처럼 쏟아진다

달빛이 쌀로 이루어진 언덕으로 쏟아진다

달 아래 쌀의 언덕이 빛나고

쌀의 언덕이 또하나의 달이 되어

두 개의 달이 하나로 추석 달을 이룬다

이빨에 피가 묻은 석류 알갱이 같던 애정의 쌀 하나하나에

피땀과 소금의 달이 주렁주렁 열린다

달과 소금과 피와 쌀이 감나무 아래

하나로 찢어지게 웃는다

사랑의 북쪽
—나에겐 나만 남았네

어느덧
나에겐 나만 남았네
나에겐 나만 남고 아무도 없네
나에겐 나만 남고
당신에겐 당신만 남은
그런 날
당신은 당신이 되고
나는 내가 되고
서로서로 무죄일 것 같지만
그렇게 남으면 나는 나도 아니고
당신은 당신도 아니고
당신도 나도 아무도 아니고

단어들이 먼저 부서지네
문장이 사라지고
폐가 찢어지고
사전이 날아가고
책이 산화하고

진흙 속에 고동치는 가슴 소리뿐

진흙 속에 눈을 감고 중얼거리네
나에겐 나만 남았네
진흙만 남았네

데스밸리

사막에 있는 죽음의 골짜기,
여기서는 계속 모래가 자라고
바위도 자란다
내가 당신을 사랑하기 때문에
사막에서도 모래가 자라고 바위가 자란다

이상한 일이지만
지금도 데스밸리에선
돌들이 생겨나고
바위가 움직이고 있다
돌들이 새끼를 치고
바위가 움직이고 있다네!
돌들이 움직일 때마다
땅에서 하늘까지 전기 같은 흰 힘이 가득하고
하얀 힘 가득찬 그것은 탄식의 힘, 꽉 찬 침묵의 힘일 것이다

그리고 하얀 힘이 가득한 데스밸리에선 야생화가
연달아 피어난다
두려움으로 사람들이 연달아 언어를 발하는 것처럼
지금도 데스밸리에선

바위가 움직이고 연방 야생화가 피어난다
내가 당신을 사랑하지 않는다면
당장에 내 괴로움은 끊어지겠지만
그러면 데스밸리에선 데스밸리만 남고
신은 유적이 되어 사라지겠지

맞을 매를 다 맞고
데스밸리는 데스밸리를 완성하고
적소(謫所)의 병실에서 우리는 또 따로따로 죽어갈 것이다

달의 뒤편

태양은 모두의 태양인데
달은 누구에게나 나의 달이다
달은
나의 달이라고 말한다

낮은 모두의 낮이지만
밤은 누구나 나의 밤이라고 말하듯이
달은
나의 달이라고 말한다

다시 한번 말한다
나의 달, 나의 밤이라고 말한다

풍성한 빛의 여울, 달의 얼굴 뒤편으로
강물과 구름과 바람이 흘러간다
흘러가는 것들은 모서리를 만들지 않는다
나의 달,
나의 밤에도 모서리가 없다

모서리 없는 뒤편으로 가만 돌아가

귀기울여 엿보면
오래된 갑골문의 속삭임들이 도란도란 살아난다,
들판에 금빛으로 가득찬 옹골찬 추석을 너끈히 돌아
갑골문의 가을이 모서리를 돌아 올라간다,

이상하게도 백발의 노모가 밀가루 포대를 들고
달 아래에서 한줌씩 밀가루를 뿌리고 있다,
밀가루는 바람을 타고 날아가 어둠의 능선을 올라간다,
월광이 훅, 하고 더 밝아진다,
어디서부터 어디까지인지
알지 못할 속삭임들이 달의 뒤편에 수런수런 가득하다,

나의 달, 나의 밤이여

빛의 증거

지하철 타고 갈 때 차창에 비치는 내 초라한 모습
지치고 바랜 내 얼굴
빛이라고는 찾아볼 수 없이 재처럼 바삭거리는 모습

바로 앞에 젊은 임신부가 친구와 함께 서 있다
앉으라고 해도 서 있는 게 좋다고 보름달 같은 배로 서 있다
친구가 묻는다
태명은 지었어?
응……
태명이 뭐야?
달담이
달담이?
응? 달을 담은 아이가 되라고?
응……
두 여자가 광채를 품은 육체로 내 앞에 서 있다

이름마다 희망이 담겼다
희망의 의지가 담겼다
캄캄한 태중에 있을 때
부모님 지어주신 이름

이름마다 꿈이 서려 있다
이름마다 빛의 기억이 있다
달을 담은 여자가 대모산 역에서 내린다

용서고속도로를 달리며

용서라니
용서고속도로라니
나 용인 간다, 너 서울 가니

내곡동 헌릉 뒷길로 가서
용서고속도로로 진입하지
유난히 많은 긴 터널을 뚫고 달려가면
두 줄기 헤드라이트 불빛에 어둠이 흠칫흠칫 놀라 떨어지고
나란 인간, 흘러내리는 뇌에 하얀 붕대를 감고
나란 인간, 자작나무 껍질처럼
살가죽이 쭈욱쭉 찢어져내리는데

터널을 나가면
도화지처럼 파란 하늘이 나오고 또 나오고
구름도 나무도 노고지리도 까마귀도 화사하게 환하고
어디선가 베드로가 입원복을 들고 마중 나올 것만 같은
혼자서만 달리는 용서고속도로

언제나 죄는 용서보다 크고
죄의 기억도 용서보다 크고

아무리 유한에 유한을 유한에 유한을 유한에 유한을 보태도
무한이 될 수는 없는데

용서할 수도 없고
용서받을 수도 없는
꽃이 물드는 뼈에선 연방 또 붉은 꽃송이가 피어나고
황홀하게 매맞으며 가는 길
한줄기 빛처럼 뻗은 용서고속도로를 달리며

용서고속도로라니
용서라니
하지 못한 용서와 받지 못한 용서가, 아, 또 저기 터널이 나오네

11월의 은행나무

11월엔 지상의 많은 것들이 옷을 벗는다
뜬구름도 찬란했었지
뜬구름이라도
화려한 옷이 될 때가 있었다

행복 위에 행복을 행복 위에 행복을 올려
치즈 가득한 타르트 케이크
그 위에 크랜베리나 블루베리, 딸기까지 올려져 있는
귀가 울리도록 달콤한 그 한 조각,

뜬구름은 다 바람에 날려가고
황금빛으로 불타오르던 은행나무 잎들이
오늘 무너지며 떨어지고 있다

설악산에서부터 내장산, 한라산에 이르기까지
은행나무도 단풍나무도
비 내리듯 지상의 모든 물든 잎들이
조용히 조용히 하야하고 있는데

11월의 왕관은 그것이다

색을 버리고 수묵의 강산으로

각설하고

다 하야한다

무지개산

펄펄 끓는 여름
사막 같은 바닥을 걷고 있으면
가슴에 보글보글 선율이 가득차요
난로처럼 희로애락을 가슴에 끓이고 있으면
소금이 우는 소리가 들려와요
파도에게 당신의 슬픔을 말하지 마세요
바다와 소금이 까맣게 죽을 거예요
카디널 새처럼 빨간 가슴으로 새기며 그래도 걷고 있으면
가슴에서 빨갛고 파란 온천수가 솟구쳐요
오렌지색부터 짙은 파란색까지
신비를 머금은 맨 가운데로
깊은 블루, 옆으로 연한 블루, 그린, 노랑, 오렌지, 빨강, 브라운
용암이 끓어요
그래도 더 걷고 있으면
톡톡 항아리 속에서 막걸리 터지는 소리가 나요
오렌지빛 심장이여 꽃들은 거기에서 피는가
나의 심장은 열대 아열대 온대의 계절을 지나왔답니다
요람에서 무덤까지요
많은 이야기들을 알고 있어요
네, 봄 여름 가을 겨울을요

그래요 배롱나무 붉은 꽃송이는 세어보셨나요
울새의 가슴은 붉고 몸은 갈색
아직 미결수의 옷을 입고 있는걸요
가슴에 난로처럼 희로애락은 끓고
아직 살고 싶은 것은 해바라기가 해를 향하는 것과 같은데
기쁨도 설움도 지나 고요히 일곱 빛깔 무지개산을 안고
그 산을 바라보며 정녕 걸어가요

그리운 이들이 저만큼 무지개산에 있네요

새벽 시장

어떤 보름달도 내 마음의 보름달을 다 채울 수는 없다
내년의 대보름달을 백번 기다려도 마찬가지일 것이다

새벽 시장에 가다가
그 달의 부족한 부분을 담고 갔다

새벽 시장에서 오다가
초승달 · 반달 · 보름달 · 그믐달이
모닥불을 중심으로 손바닥을 쫙 펴고 둘러서 있는 것을 보았다

둘러서서 불을 쬐고 있는 모습이,
어울려 보름달이
되는 것도 같았다

희망하는 것은 가장 상처받기 쉽게 되는 것이지만
피뢰침은 번개를 피하지 않는다

세한도

소나무 잣나무도 좋지만
세한도처럼
소나무 잣나무만 보여서야
파랗게 얼어붙은 겨울 하늘에
쇠스랑 같은 은빛 달,

고독할 것 같다
무서울 것 같다
고독해서 무서울 것 같다
명함철이 체온을 높여주는 것은 아니지만

나무도 꽃도
찬란한 햇빛도 가족도 친구도
밝은 세월도 아내의 치마도……

(독야청청이 이렇게 아프다)

해적 라디오를 듣는 밤

불가피 불가결하게 해적당을 기르는 세상에

꾸어다놓은 보릿자루
꼭 그렇게 살았지
어디엘 가도 어색한 세상
어디에 어떻게 상륙할지를 몰라
늘 바다를 떠돌았지,
세상의 두목은 우아하게 코딱지를 파서 손가락으로 튕기며
놀고 있는데
웃어야 할까, 울어야 할까,
윗목에 밀쳐둔 보릿자루

바다로 나와라
집안에 있는 냄비며 프라이팬을 다 들고
저기 저 소말리아나 인도양이나 케이프타운 근처로
볼펜이라도 다 타고 나와라
뼈 한 자루라도 챙겨오고
풍악을 울려라
슬픈 해적이 연필에 침을 묻혀가며 쓴 밤의 일기장

땅에 금이 가고 물렁물렁 천막이 흔들리고
점령하라 돈 스트리트를, 습격하라 월드 플라자를
빈 사이다 병을 입에 대고 마이크로 말하는
마야인이나 호피족의 달력 같은 소리를 하는
차라리 가마니를 둘러쓰고
찍 찍 찌익…… 전파가 잘 잡히지 않는 이상한 라디오를 듣고
한밤의 야심과 한낮의 추락

어느새 멀뚱멀뚱 아침이 오고
우아하게 코딱지를 파는 세상의 두목이
벌써 손가락으로 코딱지를 튕기며 놀고
새벽은 천막집에서도 그렇게 찬란한데
다시 꾸어다놓은 보릿자루로 윗목에 밀쳐진 새아침
해적 라디오는 낮에는 단절되고

올 듯 말 듯 종말은 안 오고

아욱된장국

세입자를 쫓아내려고
건물주가 보낸 강제집행 용역들이 왔다,
150명이나,
멱살을 잡고 울부짖으며 욕하는데
철거 용역은 자기는 강제집행을 하는 입장이니
입장을 이해해달라고 말한다
격렬하게 저항하는 사람들이 있고
격렬하게 강제집행을 하는 입장이 있다

수족관에 가득찬 생선들이 밖을 내다보고 있다
냄비와 옥수수유, 도마가 쫓겨나 나뒹굴고 있다
아욱 한 단이 아스팔트에 나동그라져 있다
검은 승용차가 숨통을 끊어놓겠다는 듯 차바퀴로 짓이기고
간다
현장을 지나던 버스가 다시 치고 지나간다

사람에겐 누구나 입장이라는 것이 있다
강제철거된 세입자와 나와 또 누구도
금방이라도
누군가 뒤에서 밀어버릴 것 같은 이 극한의 벼랑에서

못난이들은 그렇게 같은 마음일 게다

새로 출발합시다
숨통이 끊어진 저녁에도
어디선가 아욱된장국 냄새가 아련히 풍겨오듯
절망도 분방, 분방이 있으면 더 좋고
내일 아침의 해가
새로 출발하듯 의젓하게 떠오른다
(아욱된장국 같은 깊고 뭉근한 희망이 있다)

돼지감자가 익어가는 노란 저녁 기도

이 추운 저녁에는
혼자서라도 두런두런 거친 식사를 각오하자
나무 탁자 양쪽에 양초를 켜고
마디가 굵은 두 손을 모아
거친 두 손으로 기도하는 시간에
거친 땅에 사는 멀리 헤어진 가족을 기억하자
보랏빛 꽃대궁이 말라 떨어진 뒤
야산이나 벌판에서 거둬오는
누가 애써 키우지도 않은
돼지감자같이
막 뒹굴어먹은
해바라기 같기도 한 덩이줄기를 들추면
흙 속에 감춰진 황금의 꿀이 뚝뚝 떨어지는,
한쪽에선 썩어가며 다른 편에선
겸사겸사 싱싱한 줄기가 푸르게 올라오는,
돼지감자 같은 기도를 하자
혼자의 고독이 고독의 영광이 될 수 있을 때까지
앞 상가 건물 지붕 꼭대기에 서 있는 십자가 주위로
무럭무럭 돼지감자 익는 냄새가 올라가는
노란 저녁에

하루살이에게도 날개가 있는 듯
돼지감자같이 노란 기도를 하자

여름의 대관식

우주에서 지구를 보면
고독하면서도 찬란하다고 한다
이 여름도 그러하다
하나하나 반짝이는 곡식 알갱이도 그러하다
가혹한 폭서의 햇빛이
하얗게 매어달린 소머리뼈를 다림질하고 있다
햇빛의 갈피 속에
어디선가 빨래 삶는 비누 냄새가 난다
꽃들도 바위들도
눈뜨고 육탈하는 것같이
정지된 시간
말라리아모기 같은 사랑에 물려 혼자 앓는 사람이 있고
금광 안에서 돌을 쪼개는 사람들이 있고
폭염에 시렁에 놓아둔 달걀에서
꽉 찬 병아리가 부화하여 껍데기가 뻐개지고
갑자기 삐약삐약 소리,
잎사귀와 잎사귀가 스치기만 해도
불이 날 것 같다
고추잠자리와 고추잠자리가 포개져서
교미 비행을 하고

터키 블루의 하늘에서 흰 구름이 흐른다
노란 금작화 가득한 밭이 타고 있다
수정체도 이빨도 손톱도 발톱도 다 타고 있다
고독하면서도 찬란하게
이 여름이 그러하고
이 사람이 그러하다

새봄의 떴다방

봄이 되면 어김없이
여기저기 천막을 치고 현수막 펄럭이는 떴다방,
속아도 떴다방이지만
그때가 좋았다고
떴다방처럼 봄이 다시 온다
못 박고 천막 치느라 먼지가 풀풀 일어난다
행여 무슨 이득이 있을까
분주한 구두들이 오락가락한다
속아도 떴다방 속여도 떴다방,
꿈결만 같은 봄인걸 뭐……
막걸리 자국 남은 구두, 제비처럼 날씬한 명품 구두도
소녀가 할머니가 되고 할머니가 다시 소녀가 되는
마술의 왕래가 잦은 떴다방
잠시 잠깐 햇빛 한 사발, 감기약 같은 봄에 취하여
탄식이나 한숨도 슬몃 사라진 날
먼 데서 오는 발소리 가득하고
접시에 웃음소리 저절로 부서지는 날
금세 일어섰다 금방 사라져도
떴다방은 정겹고
속아도 희망 속여도 희망

먼지 속에 풀풀 현수막이 흩날리고
꿈결처럼 사람들은 괜히 분주하고

도미는 도마 위에서

도미가 도마 위에 올랐네
도미는 도마 위에서
에이, 인생, 다 그런 거지 뭐,
건들거리고 산 적도 있었지,
삭발한 달이 파아랗게 내려다보고 있는 도마 위
도미
물방울이빨랫줄에조롱조롱

도미는 도마 위에서 맵시를 꾸며보려고 하지만
종말에 참고문헌과 각주가 소용이 될까?
비늘을 벗기고 보면 다 피 배인 연분홍 살결
그래도
고종명에 참고문헌과 각주가 소용이 되느니
물방울이빨랫줄에조롱조롱

도마가 도미 위에서
도미가 도마 위에서
몸서리치는 눈부신 몸부림
부질없는 꼬리로
도마를 한번 탕 치고 맥없이 떨어져

보랏빛 향 그윽한 산천
물방울이 빨랫줄에 조롱조롱

나상(裸像)의 아버지

여보세요?

여기 방 번호 511번인데요

샤워기를 틀었는데 뜨거운 물이 안 나와요

네? 찬물만 쏟아져요

눈물을 흘리며 우는 건 아니냐고요?

철제 침대가 둥둥 떠 있는 걸 본 지가 몇 년 전인데요

문짝도 고장났나봐요 드러누웠어요

여기 고시원, 마분지로 지어진 집이잖아요

아래층에 물난리가 났을 거예요

소방관이 한번 오긴 왔었어요 물이 넘치는데

왜 소방관을 보내냐고요 하늘에 구멍난 것처럼 막 쏟아져요

수도꼭지도 고장났어요

물 꼭지가 잠기지도 않아요

수리 기사를 보내준다고 한 지가 몇 년 전인데요

떠나라고요? 떠날 수가 없죠 당신을 기다리는데요

세상 저마다 혼자 지껄이니

홍당무와 아스파라거스를 먹으며 기다리라고요?

욕실 통신인데요

몇 년 동안 찬물 샤워기 아래 갇혀 있다고요

여보세요?

거기 누구 없어요?

욕실 전깃불도 깜박깜박하는데요

찬물 줄기에 전기가 섞여 들어오는 것 같아요

꽁꽁 묶어놓은 것은 아니지 않냐고요?

꽁꽁 묶어놓은 것은 아니지만요 당신을 기다리잖아요

급속 냉동실에 들어간 토마토처럼 피가 얼어붙었어요

왼쪽 몸은 하얗고 오른쪽 몸은 빨개요

우리는 모두 기다리고 있다고요?

돼지머리같이 짓눌리고 있다고요?

세계의 눈물의 총량이 차면 찬물이 끊어질 거라고요?

나무는 하늘에 있고 지붕은 바닥에 있습니다

네? 밀어내기라고요? 죽자 사자 밀어낸다고요?

저마다 혼자 지껄이니 출동이 지체된다고요?

여기 고시원 511호 욕실이라니까요

하지의 산

구덩이에 묻은 깊은 감자들이 주름을 펴고 일어난다
손으로 노력한 자는 손만큼의 구원을 받는다는데
야산 밭에서 감자 익어가는 그윽한 향기
결국 감자 한 알 익는 것에도
신의 숨결이 보태져야 한다

죽은 느티나무 그루터기에 앉아
감자알들이 익어가는 흙의 한가운데를 생각하고 있는데
문득 빛이 있으라 하시니
빛이 있었고…… 하는 일필휘지,
반짝이는 휘날림,
릴케의 『두이노의 비가』도 베토벤 9번 교향악 4악장도
쇼팽의 〈폴로네즈〉도 그런 찰나에 완성된 것이란다

토종꿀의 벌집에서 다이아몬드 같은 꿀이 벌어지고
지금 뜨거운 땅속에서
무량무량
하지(夏至) 감자가 익어가고 있다
오늘도 밭에 나가봐야 한다

4

그때 손은 기도까지를 놓아준다

벼를 세우는 시간

희망도 짐이 된다

쓰러진 벼들은 쓰러진 벼라 부르고

무너진 논두렁은 무너진 논두렁이라 부르자

상처가 영혼을 잠식해도 좋다

어제보다 더 아름다워질 수 있을까

그런 질문 없이

우리가 만날 때는 흉터는 흉터끼리 만나자

희망도 짐이 되면

차라리 바다의 파란 수평선으로나 되고 싶다

천지창조 이후 오고 있는 것

천지창조 이후
'이미'와 '아직'은 단 한 번도 서로를 만난 적이 없다,
오직 풍문으로만 들었을 뿐이다

천지창조 이후
누구나 언제 어디서나
이미와 아직이 만나는 꿈으로 밤을 새워 울었다,
벽을 치며 울었다,
일찍이 이미와 아직만큼 더 먼 거리는 없었다

천지창조 이후 아직은 이미를 기억하지 못하지만
이미는 아직을 얼마나 사랑했던가?
이미는 아직을 보지 못하고 늘 먼저 죽었고
아직은 늘 너무 늦게 홀로 와서
화엽불견초(花葉不見草)……
한줄기에서 나왔지만 서로 보지 못하는 잎과 꽃처럼

그렇듯
아직은 언제나 밀애를 키우고
네가 고개를 숙이고 구근을 심으려고

언 땅을 한사코 숟가락으로 파내고 있을 때에도
네 등 너머, 저기 어디,
미래는 그렇게 밀애의 힘으로
남몰래 수레를 밀며 오고 있는 것이다

'이미'와 '아직' 사이

이미 물은 엎질러졌다오,
손바닥을 땅에 대고 울어도 소용이 없다네,
누구를 비난해도, 아침의 태양을 외면해도

이제 나는 길 위에 있고 당신도 길 위에 있다오,
우리는 이미 어제 한번 죽었는데 오늘 아직 살았고
이미 한번 떠났는데
아직 도착하지 못한 것,
이미와 아직은 서로 한 번도 만나보지 못했다오,
그 사이엔 길 아닌 길이 있고
꿈은 그렇게 늘 아직 연착이라오

누구에게나 시간은 그렇다오,
이미와 아직 사이에 반딧불 같은 오늘이 있고
이미와 아직 사이에 캄캄한 밤의 절망이 있고
이미와 아직 사이에 내일의 불안이 있고
이미와 아직 사이에 파도치는 희망이 있고
이미와 아직 사이에 눈물 넘치는 오작교

이미 물은 엎질러졌다오,

이미와 아직 사이 우리는 이미 한번 죽었고

아직 살아, 길 아닌 길 위에서 꿈이며 나물이며 고독이며 생사며

그런 말들을 중얼거리는데

이미와 아직 사이에, 그대여,

땅바닥에 쏟아진 물방울을 주우려 말고

태양의 반대편에서 피어나는

무지개의 기지개를 들고 일어나자,

누구나 물은 엎지를 수 있다오,

이미와 아직 사이에 걸린 무지개 위를 걸어서

그렇게 아직 걸어서 길 위에, 아니 길 아닌 길 위에 아직 있다오

무지개의 기지개

오늘은 갔는데
내일은 올까,
누가 오는 것처럼 내일은 올까,
내일은 미래, 미래는 있을까,
미래가 올까,

선택은 없었다,
선택한다고 해도
어차피 나의 몫은 아니었다,
방주 위로 비가 오고 있었다,
비는 하나하나 합창은 아닌데 검은 합창처럼 들려오고
그래, 꿈이구나, 저 검은 비 끝나면 무지개가 오겠지
비도 지치면 밤도 그치겠지,

나쁜 꿈 같은 검은 비 위에 검은 비 오고 검은 비 오고
또 검은 비 오다 오다 지쳐 해가 뜨더니
횃대 위에서 아침 새떼들이 몸서리를 치며
날개의 물기를 퍼득퍼득 털어내고 있었고
나무들은 사무치게 온몸을 비틀며 수천의 팔을 흔들고
무지개의 발들이 부은 땅속에서 봉긋 솟아오르려

하고 있었다,

무지개는 비를 기억하지 않지만
비는 얼마나 무지개를 열애했던 것일까?
오죽했으면 땅이 다 봉긋 일어서려고 할까?
내일이 온다면 다름이 아니라
네 마음의 밀애가 당겨서 오는 거라더라,
열애가 아니라 밀애라니까!

정수기 앞에서는

정수기 앞에서는 집주인도 세입자도
사기꾼도 사채업자도
성추행범도 회장님도 용역 깡패도
총장님도 양아치도
나비부인도 똥파리도
수녀님도
무릎을 꿇고 앉아
물을 받는다

한 손으로는 정수기 꼭지를 지그시 누르고
다른 한 손으로는
공손히 물컵을 받치고
그렇게 공손한 것이 행해지지 않는다면
정수기는 물을 주지 않는다

세상의 모든 샘물이 젖줄을 대고 있는 정수기
정수기 앞에서는
시간도 고요하고
마음도 고요하고
먼지도 고요하고

아우성대던 악의 악순환이 잠시 끊어지는 것 같다

물 앞에서는

2월 29일

4년마다 한 번 온다
어디서 오는지 아무도 모른다
그러나 온다
안 기다려도 온다
2월 29일 같은 것
난 꽃을 심다 다쳤다우
겨자씨 하나같이
풍란의 자리같이

산다는 게 묘기다
고백건대 기다리면 외롭다
기다려본 사람은 안다

차라리(里)에 가서

오늘은 차라리 차라리(里)에 간다
최후의 우체부는 오늘도 오지 않는데
우리의 고통은 차라리에 닿지 않으려고 발버둥치는 것

차라리 차라리에 가서
최후의 것을 보고
최후의 꽃을 꺾고
최후의 악기를 타고
최후의 죄를 짓고
최후의 기도를 하고
그것들도 다 내려놓고

나타샤와 백석이 사는 마가리처럼 아름답고
알몸의 연인이 맨발로 기다리고 있는
능라도처럼 향기롭고
김종삼의 라산스카처럼 평화로운,
오늘은 차라리 차라리에 가서
어제도 오늘도 내일도 없는
소리 없이 오는 최후의 우체부를 기다린다

바다 앞의 인생

백약이 무효일 때
리스본 좁은 골목 안에서 어디선가 터져나오는 파두를
들을 때, 격렬한 조금쯤 쉰 목소리의 파두 가수,
숙명의 노래라는 파두 속에 깃든 짙은 빈민가의 그늘 같은 것,
변덕스럽고 잔인한 물살에 운명을 맡긴 채
가족과 연인에 대한 그리움을 노래하던
뱃사람이나 죄수들이 불렀다는 노래,
이런 것을 슬픔이 흘러가는 시간이라고 부르는가봐요,
부두에 널브러진 생선같이 밟히며
무한이라는 것이 있어요,
무한이란 것이 있나봐요, 느껴요,
흘러간다, 흘러간다, 슬픔이 흘러가는 시간 속을,
여름까지 가보자, 아무튼 여름까지는 가보자고,
바다를 향해 터지는 목청,
리스본 비탈길 골목 안에 가득찬 터지는 목소리,
고통 끝에 언젠가 희망이 찾아오겠지,
포르투갈 기타 몸통을 손바닥으로 탁탁 치는 소리,
텅텅 치는 소리에 무뚝뚝한 그리움이 잘려나가고
이 몸뚱어리가 정말로 징그럽구나,
살려고 몸부림치는 이 몸뚱어리가 사무치도록 징그러워

우리는 이미 죽음이지만 벌써 죽음은 되지 말자

그런 마음

검은 옷에 숄을 걸치고 검은 돛배를 부르던 아말리아 로드리
게스,

죽었지, 그녀는 죽었어, 내가 알기도 전에,

선창가에서 노래를 부르며 오렌지 행상, 카바레 댄서를 전전
하며

파두를 불렀지, 단조의 선율에 이별, 죽음 같은 것을 실어서,

청승맞은 울림, 파두의 영광,

파두의 젖줄인 사우다드라는 말은

향수, 동경, 아픔, 그리움을 담고 있다지,

아리랑의 젖줄인 한과 같은 말이지,

다리는 그 위를 오락가락하는 것이지만

삶이란 결국 끝없는 보병전이라는 것,

날아간다, 스타카토로! 그건 그렇지 않다,

파두 기타를 두드리며, 음울하고 처연하게,

세상의 구석구석 모든 운명의 골목을

발바닥으로 밟고 다녀야 알게 되는 것,

리스본, 파두 울려퍼지는 골목길의 그늘,

무엇이 될까요?

백약이 무효일 때 아리랑을 부르는 것처럼
그렇게 창자를 쥐어짜며 파두를 부를 때
바다 건너 멀리멀리 노래는 퍼져가고
부두에 널브러진 생선 쓰러진 자리에서 피는 꽃처럼
바다 앞에 황금 눈물을 가득 실은 검은 돛배가 온다

미나리꽝 키우는 시인

미나리꽝을 키우는 여자다
시에 미나리,
미나리는 맑은 물이 아니면 못 살지만
사실은 구정물에 산다
거머리와 함께 자란다

미나리꽝은 차가운 물속에 있고
얼음 속에서 맨손으로 일을 하니까
팔 어깨가 다 녹는다고 한다
술에 취해야만 일할 수 있다
술이건 무엇에든 취해서 추운 물속에서 미나리를 키운다

시 한 편 또 한 편
쏘옥 쏙 미나리 한 다발만큼 향기로울까
좋은 미나리는 자랄 때도 사각사각 소리가 난다고 하는데
시에도 좋은 미나리가 없으면 안 되지
솨솨 바람 스치는 소리,
시퍼렇게 세운 칼날이 없으면 안 되지

쥐들의 세계

선(線) 하나를 잘못 그어 독을 만들었다
독 안에 든 쥐들이 독 안에 바글바글하다
독 안의 쥐는 독 안의 쥐들밖에 모른다
독 안에 든 쥐는 독 안에 든 쥐에 잠식당한다
독 안의 쥐는 독서를 모른다
독 안의 쥐는 국정 교과서만 배우면 된다
독 안에 든 쥐는 미래를 모른다
독 안에도 바벨탑이 있다
독 안에 든 쥐는 거짓말같이
바벨탑 아래서 독 안에 든 쥐를 사랑하기도 한다
독 안의 쥐는 독 바깥으로 나가본 적이 없다
독 안의 쥐는 독 안이 유일한 세계여서
다른 가능한 세계를 모른다
독 안의 쥐는 또 독 안의 쥐와 피 터지게 싸운다
바벨탑 아래서 독 안의 쥐는 독 안의 쥐들밖에 적도 없다
먹는 쥐와 먹히는 쥐, 무서운 쥐와 무서워하는 쥐, 세계는
그렇게 무식할 정도로 간명하다
얼굴의 살이 떨어져나가고 뼈가 보이고
벌거숭이들은 아예 살 전체가 떨어져나갔다
진로도 없고 퇴로도 없이

독 안에 든 쥐는 독 안에 든 쥐처럼 살다가

죽어서도 독 속에 묻힌다

독 안에 든 바벨탑 아래 묻힌다

피 묻은 깨소금 같은 별들이 독 뚜껑 아래 반짝인다

한 사발의 하늘

그때 그날 그 시각에
한 그릇의 하늘만 있었어도
당신은 그렇게 되지 않았을 것이다,
한 국자의 순댓국보다도 한 방울의 피보다도
한 그릇의 하늘이 더 소중한 때가
그때였을 것이다,
그것이 가장 큰 절망이었을 것이다
생사의 0 안에서
하늘은 언제나 누구나의 것이었다는 생각이 단말마처럼
스쳤을까,
늘 밥상머리에 하얀 빈 대접 하나를 올려놓을 것이다,
한 그릇의 하늘을 올려놓을 것이다
그리고 그것은 비어 있어서 늘 푸를 것이다
단말마의 순간,
가슴에서 사슴으로, 사슴의 가슴으로
저 푸른 하늘 한 그릇을 두 손으로 깊이 받을 것이다
사슴의 가슴으로
꽃이 다치면 잎이 슬프고
잎이 다치면 꽃이 슬프듯이
하늘은 빈 그릇 안에 충분히 깃들 것이다

늘 충분한 하늘일 것이다

인제군 기린면 진동리

강원도 깡촌
그래도 혼이 끊어질 정도로 아름다운 곳
내가 죽었다 살아난 곳
몇 번을 죽었지만 다시 살아난 곳
어디가 산이고 어디가 하늘인지 알 수 없는 곳
쓰러진 곳에서 다시 일어나
일어선 곳에서 곰배령 들꽃으로 새로 피어나는 곳
타고 온 뗏목을 버려야 새로 살 수 있듯이
육체도 이승의 뗏목이 아닐까, 라는 생각이
구름처럼 피어나
뗏다방 같은 소란한 마음 버리고
하늘과 날씨가 스며오는 곳
산삼보다 더 좋은 빛과 공기가 있는 곳
맑음 너머의 맑음, 마음 너머의 마음으로 퇴원하게 되는 곳
죽었다 살아나고 싶은 사람이 있으면
내가 권하는 곳
잊으려 해도 잊으려 해도
바람의 양지쪽에
환하게 반짝이게
나를 묻고 돌아서는 곳

새봄에 하얀 고야나무로 꿈인 듯 다시 피어나는 곳

홍합국 냄비

추위가 깊어져서
홍합에 맛이 들었다
연탄난로 위
홍합 냄비 속에 홍합이 불그스레 떠 있다
내가 이렇게 애기동백처럼 빨갛게 보여도
물이 다 빠졌단다
이런 말을 하는 듯
국물을 건너 물끄러미 바라본다

끓는 국물에 내 바알간 눈동자가 떠 있다
숨죽은 돌미나리가 파아란 손으로 눈동자를 껴안고 있다

내려가는 언덕

이만큼 올라왔으니
이제 내려가야지
솥단지를 깨고
들판으로 나가 밥을 풀어줘야지

내려갈 때 발끝은 더 떨리고
모가지는 더 무겁다고 하지

올라가기 좋은 언덕보다
내려가기 좋은 언덕이
더 좋은 삶이라지

이제 발을 풀어주고 밥을 풀어주고
이름을 풀어주고
거울 속에 잠긴 얼굴도 풀어주자

일어서는 지평선

세상에
아침에 마당에 나가보니
원대한 해돋이,
주황빛 원추리가 피었어!
어제까지도 가뭇한 흙에 꽃대만 외로이 서 있었는데
오늘 아침 갑자기 주황빛 원추리 두 송이가 꽃대 위에
왕관을 쓴 듯 올라온 거야,
그래, 왕관을 쓴 얼굴, 사랑에 젖은 얼굴,
해돋이의 장엄한 얼굴,
어젯밤에 무슨 일이 있었던 거야?
어젯밤에 누가 다녀간 거야?
갑자기 원추리 두 송이가 피었어!
너는 지금 뉴욕 저녁 5시 59분이지
해가 해산을 하듯 다 무너지는 시간이지
나는 지금 여기 아침 6시 59분이야

세상에 원추리가 두 송이나 피었다니까!
피 묻은 자유의 샘물을 퍼올리며
흙 묻은 지평선을 두 손에 들고
장엄한 해돋이, 지평선 수평선이 막 일어선다니까!

아름다운 평화,

세상에, 그대들에게 오늘 나는 열여섯 살 파키스탄 소녀
말랄라에게처럼

노벨평화상을 수여하고 싶다

이매방류

나비가 버선코에 살폿 내려앉아
속수무책의 무게
속수무책의 슬픔
나비 날개의 힘으로 버선발을 치고
장삼을 날리고
그저 몸의 중력을 학처럼 사뿐 들어올린다
버선코 위에 앉은 나비가 버선코 위로 날아오르는 나비가 되고
장삼을 뿌리치는 춤사위, 비스듬히 미끄러지듯 내딛다가 날듯
한 보법(步法),
정중동 안에 격렬한 격정,
슬픔의 물주머니 같은 몸을 가볍게 허공으로 일으켜
긴 명주 수건을 어영차 밀고
긴 명주 수건을 어영차 감아들인다
허공에 떨어지는 옷소매가
어화 넘자 빈손,
떨어지는 꽃송이처럼 빈손의 빈 곡선을 그린다
그런 곡선, 형용할 수 없이 가볍게 떨어지는, 혼자 떨어지는,
혼자 가늘게 펼쳐지는
하늘 아래 땅 위에 산 아래 물 위에 나 홀로구나, 너 홀로구나,
애절하게 가늘게…… 그런 홀로의 곡선…… 어화 넘자 그런

말이 지워지고 있는,

    그런 곡선은 춤꾼이 반, 바람이 반을 그린 것

    춤꾼이 다 그릴 수는 없다

    바람도 다 그릴 수는 없다

    반은 춤꾼이 반은 바람의 신이,

    소금쟁이처럼

    수면을 전혀 건드리지 않고

    어화 넘자 넘어가자 보름달을 넘어가자

    어화 넘자 불러오자 초승달을 불러오자

    초승달의 곡선처럼 요염하고 교태하고 우아하고

    애절하고 화려하고 고고하고 단아하고

    말이 없는 세계의 말없는

    예술은 길고 한도 끝도 없다지만

    허공 또한 그러하여 끝도 한도 없는 길, 그 허공

    참 요염한 춤……

비바 라 비다
—프리다 칼로에게

붉은 과육이다

잘라놓은 수박의 가슴살 물 머금은 분홍색 과육이다

수박에는 강렬한 검은 씨앗이 촘촘히 박혀 있다

다른 수박 과육에는

검은 씨앗 대신 Viva la Vida라고 글자가 박혀 있다

Viva la Vida가 수박의 검은 씨앗이다

파란 하늘이다

하얀 하늘이다

잘라놓은 수박이 빨갛다

수박을 잘 먹으려면 그 검은 수박씨를 잘 뱉거나

수박씨도 잘 삼켜야 한다는 것을 그녀는 알았다

그녀는 양쪽 다였다

1954년

Viva la Vida

검은 수박씨와 함께 수박 그림을 그린 지 8일 후에

수박 과즙의 향을 손길에 묻힌 채로

그녀는 세상을 떠났다

강렬한 수박씨는 살아남아

여름마다 또 여름마다 아름다운 수박의 성찬을 베풀며

목소리로 살아 있으리라

Viva la Vida

기도

첫새벽에 기도합니다
절박한 세계의 비참 속에 기도합니다
지금 막 지상을 떠나려는 한 영혼을 위해 기도합니다
절박한 세계의 막막 속에 기도합니다
막막과 먹먹, 끊어진 길들 위에 기도합니다
피조물 부스러기가
붉은 손금의 절벽에 섰습니다
두루마리 휴지가 물미역처럼 펄럭이는 고층 빌딩들
그 두루마리 휴지에 매달려 버둥거리는 사람들을 위해
기도합니다
두루마리 휴지 한 칸은 11.32센티미터,
그 한 칸에 매달려
평생을 공중에서 퍼덕이는 사람들을 보신 적이 있습니까?
한 여인이 의자 위에 올라 피에 젖은 손으로
흔들거리는 전등을 수리하고 있습니다
피복선이 벗겨진 전선이 송충이처럼 꿈틀꿈틀합니다
그녀를 위해 기도합니다
그녀의 손을 위해, 발을 위해 기도합니다
그녀의 의자를 위해 기도합니다
거친 식탁에 마지막 빵이 놓여 있습니다

마지막 빵의 은사를 위해 기도합니다
당신의 손을 주소서
기도가 있는 곳에 길이
기다림이 있는 곳에 기적이 있다는 것을 알게 하소서
무지개 아래를 지나가면 아픈 사람이 살아난다고 하는데
그 무지개를 위해 기도합니다
이제 별이 바람 속으로 퇴원합니다

미선나무에게

이 봄에 나는 사랑을 고백하고 싶다
누구에게 못한 말을 누군가에게 하는 것처럼
1인분의 사랑의 말을 누군가에게 하려는 것이다,
동백에게 못한 말을 매화에게
매화에게 못한 말을 생강나무에게
생강나무에게 못한 말을 산수유에게
산수유에게 못한 말을 산벚나무에게
앵두나무, 복숭아꽃, 살구꽃, 진달래, 철쭉에게
이 봄에 나는 누군가에게 해야 할 사랑의 고백을
어딘가에게 고백해야 한다
산수유가 피고 생강나무가 피고 미선나무가 피고 진달래가
피고 개나리가 피고 진달래가 피고 철쭉이 피는……
지칠 줄 모르고 이어지는 사랑의 봄을 나는 안다,
어제의 비가 오늘의 비에게 편지를 쓰고
내일의 비가 어제의 비한테 편지를 쓰는 것처럼
눈물의 색은 똑같고
비 맞은 사람의 사랑의 고백은 끝이 없고
밀양 덕천댁 할머니와 김말해 할머니가 세월호 유족에게 편
지를 쓰듯이
또 위안부 할머니들이 세월호 유족에게 편지를 쓰고

프란치스코 교황이 위안부 할머니들을 만나듯이

5·18 엄마들이 4·16 엄마들에게 편지를 쓰듯이

분홍 미선, 상아 미선, 푸른 미선아

봄은 이어지고 이어져 우리 앞에 봄꽃들의 행렬은 끝이 없다,

낙원도 이 땅이 버린 타락 천사 같은 하얀 사과 꽃 같은

미선나무 물푸레나무 쥐똥나무가 차례로 수북한 꽃을 피우듯이

당신에게 못한 1인분의 사랑의 말을

오늘 나는 또 누군가에게 꼭 해야 한다

차라리

차라리 보내지나 말 것이지
이것도 선물이라고,
새해에 행운 가득하세요, 라고 쓰고
편지지 아래에 네 잎 클로버를 붙여놓았다,

차라리 보내지나 말 것이지
네 잎 클로버는 평생 한 번 보기도 어렵다는데
네가 보낸 건 세 잎 클로버에 클로버 잎 하나를
스카치테이프로 붙여놓은 것이었다,
이것도 선물이라고

그런데 스카치테이프가 엉성하게 붙어
클로버 잎 하나는 금방 곧 떨어지려고 하는 것이었다,
차라리 보내지나 말 것이지
정말 나는 급히 필요 이상으로 상심했다,

혹시 모르지,
네가 스카치테이프로 네번째 클로버 잎을 붙이고 있을 때
혹은 머리를 구부리고 내가
하얀 스카치테이프 아래 엉성한 네 잎 클로버를 살피고 있을 때

우리 머리 위로 날아가는
무슨 총알을 무심결 피했는지도

차라리 보내지나 말 것이지
세상은 온통 세 잎 클로버뿐인데,
왜 그것을 꼭 알려주려고
스카치테이프까지 붙여서……

기도하는 사람

기도를 많이 하다가
기도 안에 갇힌 사람
기도 안에 갇혀
기도를 미워하게 된 사람
기도를 미워하다가
기도를 버린 사람
기도를 버리고 나니
아픈 만큼 기도가 보이게 된 사람
"고도 씨는 오늘밤에 못 오지만 내일 올 예정"
아픈 만큼 보이는 기도를 보고
기도에서 기도를 놓아주게 된 사람
기도를 놓아주고 나서
기도를 그리워하게 된 사람
기도를 그리워하게 되자
기도를 사랑하게 된 사람
떨어질 때 더 아름다운 꽃이 있는 것처럼
떨어질 때 더 아름다운 기도도 있어
떨어진 바위가 꽃으로 자라날 때까지
비로소 기도가 시작된 사람

낙천(樂天)
—어떤 말만 들어도 꽉 쥐고 있던

손바닥이 화-안히 펴지는 경험을 할 때가 있다
브래지어 끈이 풀어지고 팔찌가 떨어지고 손목시계가 벗어
지고
손아귀의 문서가 파란 잉크를 휘발하며 날아가고
거울에서 수은이 떨어지고
옷에서 단추가 떨어진다

낙천……

이런 말을 들으면 땅과 하늘만 남고 다른 것은 다 지워진다

한쪽 발은 북극해에 다른 쪽 발은 라틴아메리카나 페루 해변
가에

손바닥이 파초 부채처럼 화안히 펼쳐지고

영롱한 햇살이 손금 속으로 막 퍼져 출항한다

그때 손은 기도까지를 놓아준다

해설

40년의 그리움, 심장꽃
— '언제나, 그리고 영원토록' 사랑한 태양이여

나민애(문학평론가)

나의 생(生)이 가면의 얼음집이

되지 않기 위하여

나는 감히 상상하도다.

영원한 궤도 위에서 나의 불이

태양으로 회귀하는 것을.

언제나, 그리고 영원토록.

—김승희,「태양미사」

『태양미사』, 고려원, 1979 중에서

1. '김승희'라는 이름의 다른 수식을 위하여

많은 이들에게 김승희 시인은 시대의 여전사였다. 그들은 김승희의 시를 고통의 단말마이며 절규라 여겨왔다. 때문에 사람들은 상상한다. 이 시인의 목소리는 핏빛이며 눈빛은 어둡겠구나. 절망의 심연을 걷고 있는 자로서 심연 속에 살겠구나.

그런데, 정말 그러한가. 과연 김승희 시인은 고통과 절망의 노래를 불렀을까. 이번 새 시집은 이 강렬한 규정을 강렬히 부정한다. 그에 대해 멀리서 듣지 말고 가까이 읽어보라. 읽어보면 알게 된다. 내가 읽은 김승희 시인은 어둠이 아니라 빛을 뿜는 순백의 나무에 앉아 있었다. 내가 만난 김승희 시인은 날카로운 무기가 아니라 나뭇가지나 꽃을 들고 있었다. 내가 본 김승희 시인은 핏발 선 눈으로 증오하지 않고, 맑은 눈으로 사랑을 하고 있었다. 이 시집은 그 빛과 꽃과 사랑의 최대화로 태어났다. 그러나 단지 밝고 아름다운 미학적 화원으로서가 아니라, 지극히 '김승희'적인 방식으로 이 최대화는 전개되고 있다. 시인이 그간 보여주었던 시적 세계의 문법, 즉 삶에 대한 애정이라든가 현실에 대한 비판적 위트가 여전한 채로, 그는 매우 독특한 시간을 만들어낸다. 이러한 '김승희'적 다름을 어떻게 설명해야 할까. 날카로운 비판이 사랑스럽다고 말한다면 모순적이겠지만, 시집『도미는 도마 위에서』의 비판은 지극히 사랑스럽다. 빛과 꽃이란 원래 밖에 있는 것이어서 두 눈이 발견했다고 말해야 옳지만, 시집『도미는 도마 위에서』의 빛과 개화는 시인의 손끝과 내면에서 이루어진다.

자기 시력(詩歷)의 종합과 변용이라는 의미에서 이 시집은 김승희 시인 개인에게 있어 상징적인 작품집이 될 것이며 내적 시력(視力)의 최대화라는 의미에서 이 시집은 김승희를 읽는 이들에게 기념비적인 작품집이 될 것이다.

이렇게 시인 김승희는 한결같으며 또한 계속 변화하고 있다. 그러니 고통의 분출이 그의 전부라고 생각한다면, 이것은 김승희에 대한 오독이다. 김승희 시인은 무녀나 시의 테러리스트가 아니다. 그것은 그를 규정하는 필요조건도, 충분조건도 되지 못한다. 그러므로 우리는 이제 김승희를 다시 읽을 필요가 있다.

과거의 모든 수식을 걷어내고, '전해져온 김승희의 이름'이 아니라 '전해져갈 김승희의 시'를 읽을 필요가 있다. 그 모든 것을 떠나 다시 읽으니 과연 그는 아픈 시인이었던가. 아픔이 이렇게 찬란하기도 하던가. 고통이 이렇게 아름답기도 하던가. 이 시인은 절망과 비극 위에 서 있지 않다. 그가 거한 곳은 빛이고 그리움이다. 그가 바란 것은 희망이고 사랑이다. 이 모든 것들이 오늘의 시집 『도미는 도마 위에서』에 가득 채워져 있다.

2. 꽃씨가 빙하를 건넌 시간, 적어도 40년

'시인의 말'을 들여다보니, 시인이 두 눈을 들어 아주 먼 곳을 바라보고 있음을 알겠다. 응당 차갑기 마련인 비판적인 시선이 왜 따뜻하게 느껴지는지도 알겠다. 지금 시인은 "희망의 딸"들을 부르고 있다. 그리고 희망이 추상으로 떨어지지 않도록, "세상의 모든 꽃들"을 구체적인 근거로 제시한다. 이 말이 암시하듯, 이번 시집의 핵심은 '꽃들'에 놓여 있다. 많은 꽃들이 화사하게 만발하여, 이 시집은 역대 가장 향기로운 화원으로 기억될 것이다.

만약 이 화원을 처음 만나는 독자가 있다면, 꽃의 색채와 향기에 취하지 않기를 권한다. 김승희 시인의 꽃들은 색채와 향기로 인해 채택된 것이 아니라 그것의 뿌리와 깊이로 인해 밀어올려진 것이다. 나아가 이 시집의 꽃들이 봄이나 대지가 만든 결과물로서 우연히 시인의 눈에 들어왔다 생각하지 않기를 바란다. 이 시집에서 피어난 모든 꽃은 그녀의 시각성에 포획된 외부 사물이 아니다. 그것은 나무가 키워내고 시인의 눈이 꺾은 것이 아니다.

김승희의 꽃들은 그 누구도 아닌 시인이 직접 심고 키운 것들이다. 게다가 이는 땅에 심어진 것이 아니라 시인의 몸과 마음에, 그것도 아주 오래전에 심어진 것이다. 그의 첫 시집 『태양미사』를 기억하는 모든 이들은, 그때 이미 시인이 꽃씨를 품었다는 사실을 알고 있다. 그러니까 이 시인은 지난 40년간, 오늘의 꽃을 준비해왔던 것이다.

1979년, 김승희 시인이 문학사적인 시명(詩名)을 새겼던 최초의 시집에서 그는 심연에 대해 노래한 적이 있다. 그런데, 고통의 언술이 강하게 읽혔던 그 시집의 제목은 고통에 바쳐져 있지 않았다. 그가 고통을 넘어 바랐던 것은 희망, 아픔을 넘어 품었던 것은 사랑이었다. 어둠이 아니라 빛을 추구하는 내면을 시인은 '태양병'이라 이름 붙였다. 어둠을 딛고 태양을 사랑했던 일을 일러 '태양미사'라 불렀다.

우리는 똑같이 빙하였지만
나만이 한 송이의 구근을
꽃피우기 시작했지.
오, 나만이.

—「천왕성으로의 망원(望遠)」 부분

이 시점에서 40년 전의 시를 호출하지 않을 수 없다. 오늘의 시집은 과거의 모든 시편을 딛고 서 있기 때문이다. 맨 처음은 어떠했나. 시인이 첫발을 떼던 그때는 '빙하'였다. 빙하는 얼음이 규정하는 것이 아니라, 태양의 부재가 결정하는 것. 태양이 자취를 감추었던 어둠의 세기에 시인은 꽃씨를 심었다. 발아가 가능해서 심었던 것이 아니었고, 오히려 불가능하기에 심었다. 40년 전 그때, 꽃으로 피어날 오늘의 시집을 짐작이라도 했던 것일까. 그 어려운 시기에 시인은 희망하기를 멈추지 않았다. 그 희망은 몹시 적극적이어서, 시인은 씨앗을 비춰줄 태양을 찾아다녔다. 이렇듯, 빙하의 시기에 꽃을 심었던 이야기를 어떻게 '고통'이라는 두 글자로 담아낼 수 있을까. 이러한 희망의 전언을 어떻게 '절망'이라는 두 글자로 요약할 수 있을까.

그러므로 김승희는 다시 해석될 필요가 있다. 그는 심는 자요, 피워내는 자였다. 그리고 심은 것의 피워냄을 위해 '언제나, 그리고 영원토록' 태양을 바라는 자였다. 김승희 시인은 온전한 향일성의 시인. 이 점은 과거의 시로부터 오늘의 시집 『도미는 도마 위에서』에 이르기까지 서서히 증명되고 있다. 1979년, 아니 그 이전부터의 모든 여정을 펼쳐놓으면 오랜 시간 그가 고통으로 사랑의 씨앗을, 아픔으로 희망의 씨앗을 심었던 것을 알게 된다.

과거 시인이 심었던 씨앗은 이번 시집에서 정체성을 드러내기 시작한다. 이 말은 시인이 비로소 웃었다는 말, 결국 태양을 품었다는 말과 같다. 때문에 우리는 이 시집에 등장하는 두 번의 배롱나무 꽃과 두 번의 알로하 꽃, 맨드라미와 해바라기, 명자나무의 붉은 꽃과 사과나무의 흰 꽃, 몇 번의 야생화, 자잘한 꽃과 큰 꽃에 주목할 필요가 있다. 이 많은 꽃들은 시인이 빙하를 지나온 이야기를 담고 있으며, 태양의 부재에 지지 않았다는 확인을 담고 있다. 나아가 이 모든 개화 앞에서 우리는 물을 수 있다. 아니, 의아해할 수 있다. 그 오랜 시간, 추워서 햇빛도 얼어붙는 잔혹한 시간을 건너면서 시인은 어떻게 견딜 수 있었을까. 태양이 없던 시기에 무엇이 시인으로 하여금 태양을 꿈꾸게 했던 것일까.

어떤 그리움이 저 달리와 같은 붉은 꽃물결을 피게 하는가
어떤 그리움이 혈관 속에 저 푸른 파도를 울게 하는가
어떤 그리움이 저 흰 구름을 밀고 가는가
어떤 그리움이 흘러가는 강물 위에 저 반짝이는 햇빛을 펄떡이게 하는가
어떤 그리움이 끊어진 손톱과 끊어진 손톱을 이어놓는가
어떤 그리움이 저 돌멩이에게 중력을 잊고 뜨게 하는가
어떤 그리움이 시카다(cicada)에게 17년 동안의 지하 생활을 허하는가
어떤 그리움이 시카다에게 한여름 대낮의 절명가를 허하는가
어떤 그리움이 저 비행운과 비행운을 맺어주나
지금 파란 하늘을 보는 이 심장은 뛰고 있다
불타는 심장은 꽃들의 제사다
이 심장에는 지금 유황의 온천수 같은
뜨거운 김이 모락모락 피어오르고 있는데
                                        ―「꽃들의 제사」 전문

시 「꽃들의 제사」에서 우리의 의문은 조금이나마 풀릴 수 있다. 보라. 이 시는 모든 불가능을 가능하게 했던 첫 마음에 바쳐져 있다. 그 첫 마음이란 아마도 씨를 심는 마음이었을 터, 혹은 태양이 없는 곳에서 태양을 사랑한 마음이었을 터, 시인은 그것을 '그리움'이라고 부른다.

이 시는 두근거린다. 첫 단어부터, 마지막 행까지 온통 터질 것 같은 에너지로 차 있다. 가슴이 터질 것 같은 벅참은 한두 번의 언급으로 해결될 수 없었기에 총 9번의 "어떤 그리움이"에 대한 호명을 낳았다. 첫 행에서 시인은 붉은 꽃을 보고 감격했다. 시인은 푸르른 정맥을 보고 가슴이 뛰었다. 시인은 흰 구름을 보고 확신했다. 시인의 심장은 햇빛을 보고 팔딱였다. 시인은 손톱을 보고, 돌멩이를 보고, 유충과 소리를 보고, 비행운을 보았다. 결국 모든 것을 보고 알았다. 이 모든 것을 가능케 한 원동력이 분명 존재하고 있다는 믿음을 확인했다.

그것은 바로 가슴속에서 뛰고 있는 "불타는 심장"이었다. 에너지의 원천이자 그리움의 수원지이자 시인이 절망과 어둠을 건너게 했던 유일의 등불은 가슴속에 있는 "이 심장"이었다. 우리가 이 고백에 주목해야 하는 이유는 '심장', 늑골 안에 감춰진 심장이야말로, 김승희적 고유명사인 '태양'의 변환체이기 때문이다. 추구의 대상이며 사랑의 희구이던 태양은 이 시집에 와서 시인 내적인 것으로 체화되기에 이르렀다.

3. '생명꽃'의 전언, 아픔이 아닌 치유

시인이 지금껏 환상과 파격을 통해 보여줬던 모든 시도와 살아 있는 것에의 열정은 '태양'이라는 말로 모아질 수 있었다. 그 태양의 빛을 담아 시인의 눈빛은 빛났으며, 그 태양의 궤도를 따라 시인의 상상은 확장되었다. 과거, 태양은 부재하는 것으로서 시인의 심장을 타오르게 했다. 그런데 그 여정은 이번 시집에 와서 꽃의 개화라는 상징적 사건과 함께 폭발적 전환을 맞이하게 된다. 오늘, '태양'은 시인의 눈빛과 상상에 담기지 아니하고 심장 안에 박혀 있다. 시인이 추구하던 그 무엇은, 추구의 대상을 넘어 시인 그 자체가 되었다.『도미는 도마 위에서』는 추구의 대상이었던 '태양'이 시인의 바깥에 있지 아니하다는 점을 보여준다. 그것은 하늘에서 타오르는 불덩이가 아니라, 시인의 내면에서 타오르는 불덩이가 되었다. 시「꽃들의 제사」는 바로 이 내적인 영접, 희망과 사랑과 가능성의 모든 것을 내적으로 체화한 그 순간을 토해낸다. 그래서 이 시는 두근거린다. 태양이 빛의 속도로 날아와 가슴 안에 박혔으니 시가 뜨겁지 않을 수 없다.

신의 절개지가 눈앞에 펼쳐져 있다
바로 눈앞은 아니고 저기 저 앞이다
그러니까 나의 전망은 신의 절개지다
생살이 찢어진 붉은 절개지에도 사계절이 오고
나무뿌리가 지하수를 끌어올리고

새순이 돋아나고 꽃도 피고 열매도 열린다

절개지는 절개의 상처를 치료하려고 사계절 내내

저렇게 노력하고 있다

태초에 그리움은 그렇게 만들어진 것이다

다음에 무엇이 올지 모르면서

저만치

절개지 너머의 반쪽 산은 절개지 너머의 이쪽 산을 바라본다

장마철이면 또 생살이 찢어지던

절개지의 아픔이 시뻘겋게 되살아나 흙탕을 치고 내려온다

지금도 펄펄 살아 있는 저 붉은 아픔은

절개지의 절벽 위에 피어난

한 움큼의 야생화로 스스로 치료하려는 듯

갈 봄 여름 없이 조촐한 꽃들이 피었다 진다

―「전망」 전문

이렇듯 오래 사랑했다는 말이, 시인의 '그리움'이라는 말에 녹아 있다. 태양을 희망했다는 말이, 심장에 담았다는 말로 진화되었다. 그 사랑과 그리움이 기적을 만든 이야기가 시 「전망」에 들어 있다. 시 「꽃들의 제사」가 내적 태양의 벅찬 박동을 담고 있다면, 「전망」은 내적 태양의 치유하는 생명력을 조용히 읊는다.

이 시에 담긴 것은 일종의 기적이다. 그런데 그 기적을 가만히 들여다보니 그것은 바로 우리의 삶이었고 하루하루의 생이었다. 이를테면 시인이 말하는, 저 평범하지만 위대한 기적은

이렇게 들린다. 아파도, 살았다. 무엇이 올지 몰랐지만, 두려워
하지 않았다. 나무뿌리는 뿌리대로, 새순은 새순대로, 절개지는
절개지대로 자신의 할 일을 성실히 하면서 살았다. 그리고 이
단순한 사실을 기적으로 퍼올린 것은 시인이다. 그가 삶은 견딤
으로써 위대해진다고 믿었으므로, 그가 그렇게 살았으므로, 절
개지의 인생과 견딤을 발견할 수 있었다.

김승희 시인은 무조건적인 생의 찬미자가 아니다. 그의 세계
인식은 미화보다 냉철함에 가까워 삶을 쉽게 채색하거나 스스
로를 합리화하는 법이 없다. 때문에 김승희 시인에게 있어 생
은 생 그 자체로 다가온다. 날마다 행복하고 즐거운 인생이 어
디 있을까. 삶에는 즐거움보다 견디고 지탱해야 하는 아픈 자리
들이 더 많게 느껴진다. 시인은 아픔과 고통을 잘 알고 있으므
로, 저 절개지가 아프고 상처받았다는 사실을 단박에 알아보았
다. 그럼에도 불구하고 이 시의 주제는 '아픔'이 아니다. 김승희
시인이 '아픔'의 시인이 아닌 것처럼, 그가 고통이 아니라 고통
도 감당케 하는 희망을 노래해온 것처럼, 이 시의 주제는 아픔
이 아닌 '그리움'이다. 시인은 인생에는 필연적으로 상처가 따
르되, 그 상처가 오히려 희망을 불러온다고 믿는다. 그리고 지
치지 않는 마음은 '그리움'이라는 말로 표현된다. 자신이 생을
향한 그리움을 붙들고 절망의 시기를 건넜듯이, 모든 꽃씨가 개
화의 그리움을 붙들고 빙하를 건넜듯이, 그는 저 상처받은 절개
지 역시 그리움을 붙들고 회복되기를 기원한다.

이 시인에게 있어 아프다는 표현을 단순한 아픔의 토로로 듣
지 말아야 할 이유가 여기에 있다. 그에게 있어 고통과 절망은

그것의 전언을 목적으로 하지 않는다. 얼마나 아프고 고통스러운지 증명하는 것은 김승희 시인의 목표가 아니다. 대신 이 시인은 고통을 감내하는 그리움이 얼마나 강한지, 아픔을 감당할 수 있게 하는 그리움이 얼마나 강렬한지를 말하고자 한다. 달리 말해, 자신이 얼마나 태양을 사랑해왔으며 사랑하고 있는지를 말하고자 한다. 누구의 도움도 없이 절개지는 스스로를 치유하고 스스로 일어날 것이다. 절개지에게는 패배할 수 없는 이유, 즉 '그리움'이 있기 때문이다. 그리움의 증거로서 절개지는 꽃을 피웠다. 이름 없는 야생화들이 상처 곳곳에서 피어나 아픔의 세월을 봉합한다. 그러므로 이 시를 보면 확신하게 된다. 그리움은 너무도 그리운 탓에 꽃씨를 심었다. 그 힘으로 그리움은 빙하를 건넜고, 태양을 불렀고, 개화를 꿈꾸었다. 그리고 오늘, 그리움은 스스로 꽃이 되었다.

4. 따뜻하고 붉은, '신성(新星)'의 개화

얼마나 깊게 사랑했기에, 태양은 저 먼 곳에서 내려와 시인의 심장이 되었을까. 얼마나 오래 그리웠기에, 얼어붙은 씨앗은 비로소 꽃으로 피어났을까. 그간의 모든 시절을 걸어와 탄생한 시집 『도미는 도마 위에서』가 기념비적이어야 할 이유는 바로 여기에 있다. 이 시집이 아름다운 이유도 바로 여기에 있다. 시인은 온 생애와 마음과 사랑을 바쳐 일종의 '심장꽃'을 피워냈다. 태양을 사랑하던 시인과 시인에게 사랑받던 태양이 일치됨

으로 인해 그 개화는 가능할 수 있었다. 그 기적 같은 사실을 이
시집의 모든 꽃들은 속삭인다.

사랑은 머리 위로 떨어지는 칼
손으로 잡으면 늘 다치는 것
사랑은 가슴 위로 떨어지는 피
피하려고 해도 꼭 적시는 것

세상은 온통 배롱나무 꽃 천지
지금은 꽃의 피가
사방 공기에 다 물들었다

앞으로 갈 길에는 주유소가 없을 것 같다는 느낌
기름이 거의 떨어져가는데
다음 주유소는 나오지 않을 것 같다는 느낌

여기서부터다
주유소가 안 나오면
꽃의 피로 가야지,
못 박힌 자리마다 쏟아지는 피,
오른편 심장 하나 구하려고 배롱나무 꽃그늘에
—「오른편 심장 하나 주세요」 전문

아프게 사랑했던 이야기가, 아니 아프지만 사랑했던 생에 대

한 이야기가 이 시의 1연에 담겨 있다. 그래, 아프다면 가지 말까. 이런 회의의 마음에 시인은 꽃을 걸고 반대한다. 기름이 다 떨어진다면 또 어떠랴. 시인의 세상에는 온통 태양의 아이들이 피어나 그리움의 마음을 지지한다. 가기 힘들다면 심장의 그리움을 믿고, 그것이 힘들다면 나무마다 가득 피어난 또다른 '심장꽃'들을 믿고 간다.

예전에도 시인의 자아가 폭발적인 확장을 도모했던 적이 있고, 그래서 환상적이며 초현실주의적이다 말해졌지만, 오늘의 시집에서는 다른 방식으로 그 자아가 확장됨을 확인할 수 있다. 배롱나무 꽃에서 심장을 느끼는 순간, 시인의 심장은 하나가 아니라 가지 끝의 여러 개로 피어나게 된다. 이와 동시에 왼쪽 가슴의 심장이 여러 개의 오른쪽 심장들로부터 지원을 받는 마법이 발휘된다. 자아의 외연은 나무를 타고, 꽃을 타고, 심장을 타고 덩굴나무처럼 멀리 나아간다. 그 과정에서 세상은 자꾸자꾸 시인의 내면 안으로 들어와 몹시 사랑스러워진다. 시인이 '심장꽃'을 피어내기 시작하니, 아픈 세상이 점점 예뻐진다. 이렇게 세상의 모든 꽃들이 인생의 살 이유와 원동력이 되어준다. 그러면서 시인이 지닌 그리움의 역능은 어느 때보다 더 적극적으로 긍정되기 시작한다.

그냥 알로하 한마디면 된단다
모든 좋은 것은 알로하로 통한단다

심장, 이 부드러운 향기의 힘

난초 꽃을 피우며 밀고 올라가는 힘

바다와 하늘이 서로를 비추는 이 유유한 힘

산마루와 골짜기가 서로 사랑하는 이 애절한 힘

오늘은 마음이 구름과 자유를 추구한단다

사랑이나 희망이나

그렇게 너무 어려운 불치병은 모래밭 속에 묻고

기세등등하지 마

알로하,

한마디면 된단다

희망에는 완치가 없지만

절망에는 완치가 있다고

—「'알로하'라는 말」 부분

이 시는 아주 먼 곳을 여행하고 돌아온 자의 증언과 같이 들린다. 생각해보니, 김승희 시인에게 있어 시 한 편 한 편은 모두 질문이었고 기록이었으며 증언이었다. 그는 삶이란 무엇인지 질문했고, 질문의 여정과 답변을 기록했으며, 그 끝에 얻은 것을 증언했다. 우리가 사랑했던 과거의 시편들을 기억해보자. 어느 시편에서 그는 모래언덕에 올랐으며 어느 시편에서는 가시덤불을 밟았고 또 어느 시편에서는 폭풍우를 맞았다. 우리는 그 시편들을 읽고 삶의 켜켜이 모래와 가시와 폭우가 있다는 것을 배웠다. 그랬던 시인이 오늘 더 먼 곳을, 더 오래 다녀와 자신의 여행 이야기를 들려준다. 그가 '알로하'의 개화에 닿기 위해 어떻게 모래와, 가시와, 폭우를 사랑했는지를 전해준다. 시인의 모든 기록 중에서 이 치유의 시는 가장 따뜻한 증언이 되어준다.

삶은 살아갈 가치가 있을까. 여행의 끝자락에서 시인은 '그렇다'라고 긍정한다. 그리고 그 긍정의 증거로 꽃 한 송이를 들고 왔다. 그의 답변을 바닷가의 말로는 '알로하', 시인의 언어로는 '심장'의 힘이라고 표현할 수 있다. 이를 통해 우리는 '심장 꽃'을 더 정확히 유추할 수 있다. 꽃이 된 심장은 따뜻하다. 시인의 디테일을 더 보탠다면, 그것은 부드러운 향기까지 풍긴다. 그뿐일까. 그것은 난초 꽃이 피어나게 하며, 산마루와 골짜기를 서로 사랑하게 한다. 시인의 다른 시에서 디테일을 더 얻자면 그 힘은 절개지를 낮게 하고, 좌절한 다리를 일으켜 세우며, 세상을 살아가야 할 이유가 되어준다.

팔딱팔딱, 작고 힘차고 따뜻하고 부드러우며 눈부신 이것은 무엇일까. 김승희 시인의 세계 안에서 그것은 '태양'이고 '심장'이며 '꽃'이다. 과거의 이름으로는 태양인 것이고, 애절함의 이름으로는 심장이며, 절정의 이름으로는 꽃인 것이다. 이것은 이전에 없었으나, 이미 오래전에 예고된 바 있다. 앞서 빙하의 시기에 태양을 애타게 희구하던 시인의 입으로, 아프게 꽃씨를 심어나가던 찬 손끝에서 줄기차게 예고되었던 것이다.

그러니까 이 시집은 일종의 '신성(新星)' 탄생에 대한 보고서와 같다. 하나의 태양이 시인의 심장 속에 꽃으로 태어났다는, 탄생의 보고서. 이 보고서가 깊이 있는 울림을 전달하는 것은 적어도 40년, 혹은 40년 이상의 그 사랑 때문이다. 그 시간 동

안 시인이 얼마나 태양을 사랑했는지 이 시집을 보면 알 수 있다. 그 시간 이상으로 시인이 얼마나 태양을 호명했는지 이 시집을 보면 들을 수 있다. 이제 태양은 시인의 가슴에 들어와 비로소 시인의 사랑에 응답해주었던 것이다.

5. '심장꽃'을 헌화하는 최후의 제사

빙하에 꽃씨를 심었던 시인. 아무도 꽃씨를 믿지 않을 때 홀로 믿었던 시인. 아무도 사랑하지 않는 태양을 홀로 찾았던 시인. 그 시인이 지나온 빙하의 세기를 기억하기 때문에 이 시집은 아름다운 만큼 좀 서럽다. 꽃이 피었어요, 세상 처음 꽃을 본 아이처럼 활짝 웃기도 하는 이 시집은 벅찬 만큼 많이 서럽다. 시인의 꽃씨는 그간 얼마나 꽃이 되고 싶었을까. 그 간절함은 사랑의 동서남북을 다룬 네 편의 작품에서 엿볼 수 있다.

사랑은 그렇게 하는 거라더라,
목숨의 제사처럼 하는 거라더라,
목숨은 한 개밖에 없는데
그 한 개밖에 없는 것으로
그 한 개밖에 없는 것을 바치니까
사랑은 찬란한 목숨의 제사가 된다더라

사랑은 동쪽 사과나무 아래

피 묻은 알몸, 하얀 사과꽃 그늘 아래

산 채로 태우는 다비(茶毘) 같은 것,

번제,

알몸 위에 오래오래 불꽃이 타올라

뼈에 꽃무늬 같은 꽃물결 질 때까지

사랑은 그렇게 기어이 찬란한 목숨의 제사가 되어야 한다더라

　　　　　　　　　　　　　　　　　—「사랑의 동쪽」전문

　시인이 거한 장소의 동서남북, 네 방향에서 각각 다른 제사가 이루어졌다. 네 방위가 요청되어야 할 필연적인 이유가 있었다. 동서남북이란 세상의 모든 곳을 의미하니, 사방의 제사라는 말은 그가 세상 끝까지 가보았다는 말과 같다. 이 네 편의 시에 시인은 마치 바리데기처럼, 온 세계를 돌며 자신의 인생과 마음을 바쳐 사랑을 추구한 이야기를 담고 있다. 그중에서 첫째, 동쪽에서의 제사가 「사랑의 동쪽」에 적혀 있다. 동쪽의 제사는 번제다. 태움을 목적으로 한 번제에서 시인이 장작으로 삼은 것은 다름아닌 목숨이었다. 목숨이란 가진 것 중에서 가장 값진 것, 가진 것 중에서 가장 나중 것. 이 최후의 가치를 시인은 사랑의 대가로 바치고자 했다.

　스스로 제물이 되기 위해 나아가는 결연함과 목숨을 바쳐서 사랑을 증명하는 숭고함은 환상을 통해 미학적 수준으로 승화된다. 이 시편은 분명하고도 묘한 환상을 불러일으킨다. 아무것도 걸치지 않은 몸이 사과꽃이 되는 하얀 환상, 그 몸에 불이 붙어 타오르는 붉은 환상, 나아가 하얀 환상과 붉은 환상이 소

용돌이치면서 하나의 불꽃이 되는 환상. 이 세 가지 환상이 순차적으로 등장하면서 사랑의 번제는 거대한 '불의 꽃'을 만들어 간다. 이 불의 꽃이란 태양이 내재화된 결과요, 시인의 심장이 현현된바, '심장꽃'의 다른 말이라고 할 수 있다.

'심장꽃'의 연원은 우리의 생각보다 깊다. 기원으로서의 첫 번째 시집 『태양미사』는 매매가 가능한 서점에 있지 않다. 그것은 대출이 불가능한 서고에 있다. 얇고 부서질 듯한 종이 위에, 김승희의 첫 시편들은 마치 고대의 신들처럼 깃들어 있다. 그 세계에서 푸른 말들은 장엄했고, 인간은 비참하고도 위대했으며, 태양빛은 하얗게 눈부셨다. 희망했고, 희망한 만큼 절망했으며, 모든 것이 가능했고 또한 모든 것이 불가능했다. 그 환상의 가능함과 현실의 불가능함 사이에 시인은 일종의 꽃씨를 심어두었다.

적어도 40년간 그 꽃씨는 꽃이 되기를 기다려왔다. 아니, 40년 이상 시집 『도미는 도마 위에서』는 스스로 꽃을 피우기 위해 기다려왔다. 태양이 없는 곳에서, 얼음으로 덮인 절망의 현실에서 꽃씨는 어떻게 자랄 수 있었을까. 시인의 주변에는 꽃씨를 위해 줄 것이 없었다. 그래서 그는 자신을 주었다. 심장을 주었고, 심장의 고동을 주었으며, 심장의 솟구치는 마음을 주었다. 줄 수 있는 최선의 것을 아낌없이 주었고 최후의 것을 주저 없이 주었다. 그 사정을 달리 표현한다면 사랑을 위한 자기 번제이며, 목숨의 제사라 시인은 말하고 있는 것이다.

그러니 차가운 절망을 녹인 것은 태양의 공로였다 말해서는 안 된다. 빙하의 시대를 버틴 유일의 수단은 시인의 사랑, 심장의 노래였다. 꽃을 키우고 피운 것 역시 그 붉은 박동, 그리움의 몫이었다. 이제 명확히 정의해야 할 차례가 되었다. 꽃은 왜 붉게 피어났는지, 그것은 어째서 눈물겹게 아름다운지. 꽃의 붉음과 역능은 꽃의 재주가 아니다. 그것은 시인의 심장이 물든 결과요, 시인의 노래가 담긴 탓이다. 모든 '심장꽃'은 심장을 바친 끝에, 시인의 마지막 재산인 심장 위에 피어난다. 이로써 시인은 꽃이, 꽃은 시인이 되고자 했다.

가장 최후의 것을 바치는 최대의 제사. 이것이 바로 꽃을 바치는, 꽃을 만드는, 스스로 꽃이 되는, 바로 이 시집. 바로 '꽃들의 제사'다.

도미는 도마 위에서
ⓒ 김승희 2017

초판 1쇄 인쇄 2017년 6월 20일
초판 1쇄 발행 2017년 6월 30일

지은이 김승희
펴낸이 김민정
편집 김필균 도한나
표지디자인 박상순
본문디자인 신선아
마케팅 정민호 나해진 김은지
홍보 김희숙 김상만 이천희
제작 강신은 김동욱 임현식
제작처 영신사

펴낸곳 (주)난다
출판등록 2016년 8월 25일 제406-2016-000108호
주소 10881 경기도 파주시 회동길 210
전자우편 blackinana@gmail.com **트위터** @blackinana
문의전화 031-955-2656(편집) 031-955-8890(마케팅) 031-955-8855(팩스)

ISBN 979-11-960751-6-3   03810